MY ONLY WINGS BELONG TO YOU

我唯一的翅膀在你那里

朱成玉 著

江苏凤凰文艺出版社
JIANGSU PHOENIX LITERATURE AND ART PUBLISHING, LTD

图书在版编目（CIP）数据

我唯一的翅膀在你那里 / 朱成玉著 . -- 南京 : 江苏凤凰文艺出版社 , 2016

ISBN 978-7-5399-9019-4

Ⅰ . ①我… Ⅱ . ①朱… Ⅲ . ①散文集－中国－当代 Ⅳ . ① I267

中国版本图书馆 CIP 数据核字 (2016) 第 008856 号

书　　名	我唯一的翅膀在你那里
作　　者	朱成玉
选题策划	韩　薇
特约编辑	马建玲
版式设计	孙　波
责任监制	刘　巍　江伟明
出版发行	凤凰出版传媒股份有限公司 江苏凤凰文艺出版社
出版社地址	南京市中央路165号，邮编：210009
出版社网址	http://www.jswenyi.com
经　　销	凤凰出版传媒股份有限公司
印　　刷	三河市金泰源印务有限公司
开　　本	690毫米×980毫米 1/16
字　　数	200千字
印　　张	15
版　　次	2016年4月第1版　2019年8月第4次印刷
标准书号	ISBN　978-7-5399-9019-4
定　　价	28.00元

目录
contents

第四辑　陌生的康乃馨

第五辑　一朵单眼皮的花

第一辑

丁香花儿，不睡觉

落叶是疲倦的蝴蝶

（2007年全国高考福建卷现代文阅读）

夕阳老去，西风渐紧。

叶落了，秋就乘着落叶来了。秋来了，人就随着秋瘦了，随着秋愁了。

但金黄的落叶没有哀愁，它懂得如何在秋风中安慰自己，它知道，自己的沉睡是为了新的醒来。

落叶有落叶的美，它是疲倦了的蝴蝶。我甚至能感觉到落下来的叶子们轻轻的叫喊。

我看到了故乡，看到了老家门前那棵生生不息的老树，看到了炊烟为游子的归来而晃动。对于远走他乡的脚，对于飞上天空的翅膀，炊烟是永不能扯断的绳子。就像路口的大树，它的枝干指着许多的路，而起点只有一个，终点也只有一个，每个离开村庄的人，都带走了一片绿叶，却留下一条根。

我看到了故乡的山崖，看到石头在山崖上，和花朵一起争着绽放；看到羊在山崖上，和云一起争着飘荡。

我看到了我的屋檐，冬天结满冰凌，夏天蓄满鸟鸣，一串红辣椒常常被看作是穷日子里的火种。守着屋檐上下翻飞的麻雀，总是那么和谐地与庄户人家好好地过日子。时时刻刻缠绕着那颗在路上的心的，就是这个屋檐。

我看到了母亲，为了不让我们在冬天里挨冻，她拾起一节节枯枝，犹如把那些破碎的日子一一点缀，然后，把温暖交到我们手上。柴垛越码越高，母亲却越来越矮。我看到母亲那对干瘪的乳房，像两只残缺不整的讨饭的碗，却为我们讨来了一生的盛宴。母亲在灶坑里点燃的红色的昏暗的火焰，成了那些夜里我们唯一可以依靠的肩膀，唯一可以握住的暖暖的手。

远行的人，是什么声音使你隐姓埋名？是什么风将你吹往他乡？秋天就是这样，把叶子纷纷抖落，把人的思念纷纷挂上枝头。是该回去了，去看看那棵生下我、让我因成长而绿又让我因成熟而黄的大树，还有落叶里沉睡着的母亲。母亲，我匆匆的脚步就是你密密缝合的针脚。母亲，背着破烂行李的我要归来，找到了天堂的我也要归来。

一层层落叶铺在回家的路上，我要踩着温暖的地毯去看望母亲。母亲也像这落叶，从灿烂的枝头缓缓地落下来，只是，她没有再醒来。

这个世界，能留住人的不是房屋，能带走人的不是道路。岁月无法伸出一只手，替你抓住过往的云。如果一切还能重新拾捡回来，母亲，我要去拾取你的笑容、脚步和风，用你的爱做灯油，用你的善良做捻儿，我要点燃它，放到心里，一辈子不忘回家的路。

天冷了，树的叶子落下来，树离我很近。我似乎听见了它们在缓缓凝固。

天冷了，它们一排一排地站着，心中坚守着的秘密一阵阵地疼痛起来。但叶子落下来，掩盖了一切。

母亲的坟上有一棵树，那是我写给母亲的诗。每到秋天，叶子纷纷落下，把母亲的坟头遮盖得严严实实。那些在风中微微呻吟着的落叶，远远望去像一群疲倦了的蝴蝶，静静地收拢着它们一生的美丽瞬间：一朵红晕，一个誓言，或者是简单的一声叹息。

本文入选试卷现代文阅读真题

1. 请指出“我看到了母亲那对干瘪的乳房，像两只残缺不整的讨饭的碗，却为我们讨来了一生的盛宴。”这句话的修辞手法，并分析其表达效果。

2. 阅读文中画横线的“这个世界……一辈子不忘回家的路”，一段文字，回答问题。

（1）为什么说“能留住人的不是房屋，能带走人的不是道路”？

（2）文中说“如果一切还能重新拾捡回来……一辈子不忘回家的路”，抒发了作者怎样的思想感情？

3. 联系全文，指出“落叶”的含义和它在结构上的作用。

原题名师解答

1. 这里用了比喻，这个比喻把母亲耗尽生命为孩子创造幸福的内涵形象生动化了；凸现母亲一生的辛劳，强调她为了孩子费尽心血，表达了作者对母亲深深的感激。（意思对即可）

2.

（1）因为只有故乡，只有母亲的爱，才是永恒的归宿。

（2）抒写了对母亲深情的怀念，表达了作者对已经没有机会报答母爱的遗憾。（意思对即可）

3. 落叶一是指在外漂泊、思念故乡及亲人的“我”；二是指辛劳一生、衰老死去的母亲。“落叶”是本文的线索，起到组织材料、贯穿全文的作用。（意思对即可）

别踩疼了雪

（2008年中考现代文阅读）

①我和女儿在焦急地等待着一场雪的降临。

②雪，只在女儿的童话和梦境里飘过。我一直这样认为。没有触摸过雪花的女孩，永远做不了高贵的公主。我领她到雪的故乡来，就是要让她看看雪是怎样把人间装扮成宫殿，把人装扮成天使的。

③带女儿来北方，就是为了让她看雪。因为我无法为她描述雪的样子，而她又是那么渴望看到它。

④雪开始零星地飘起来，我和女儿激动得手舞足蹈。

⑤它多美啊，轻盈，飘逸，纯洁，让人爱不释手。

⑥女儿伸开手掌，发现，我们的手掌虽可以接住雪花，但雪花却无法随我们的爱意长时间停留。它只亭亭玉立了那么一会儿，转眼就消失得无影无踪了。

⑦但女儿并没有收拢她的手掌，她依然执著地积攒着手中的花瓣。雪渐渐大了些，女儿小心翼翼地捧着她的雪花，她说把它带回去，在妈妈的坟墓旁边堆一个大大的雪人。

⑧女儿的话深深触动了我，原来，女儿一直嚷嚷着要来北方看雪，真正的目的还是为了她的妈妈。

⑨我不忍提醒她，我们永远也无法将雪花运到南方去。我总是提醒自己：孩子的心是最纯洁的一片雪地，在他们心灵上经过的时候，一定要小心，再小

心，不要弄脏了孩子的世界。不要踩疼了他们的梦想。

⑩女儿没有见过她的妈妈，在她出生的那一刻，她的妈妈便因为难产离开了我们。仿佛一切都有预感一样，在妻子的日记里，我看到了她写给自己未出生的孩子的信。她说：即使有一天她离开了人世，她的魂魄依然围绕在孩子的身边，春天她就是早上第一缕吻着孩子脸颊的阳光，夏天她就是那大树底下的阴凉，秋天她就会变成一朵朵云彩，冬天的时候她就会变成雪花……

⑪每当女儿问我她的妈妈在哪里的时候，我就会对她说，你的妈妈离开了这个世界了，但她爱我们。春天的晨光，夏天的绿阴，秋天的云朵，冬天的雪花，这些都是你妈妈变的，她一刻都没有离开我们。女儿记住了我话。在春天，总是阳光一露头就醒了，她说妈妈在唤她起床呢，夏天，她总是习惯把书桌搬到那棵大树底下去做作业，秋天，她总是趴在窗台上，托腮凝望天上的云。我知道，她那颗小小的心在用她自己的方式怀念着母亲。

⑫可在冬天的时候她找不到与母亲的联系了，因为南方没有雪。

⑬这就是她要来北方看雪的原因啊！

⑭雪花在天空舞蹈！

⑮天空阴暗得仿佛是大地，大地晶莹得仿佛是天空。

⑯夜晚再黑，也压不过雪的白。

⑰第二天清晨，女儿轻轻推开门，小心翼翼地踩出了一行小脚印。她对我说：“爸爸，顺着我的脚印走，别踩疼了雪。”

⑱那一刻，我看到的世界全都是洁白的，包括人的心灵。

本文入选试卷现代文阅读真题

1. 阅读全文，说出女儿要来北方看雪的原因。

2. 第（7）段加横线的句子在文章结构上有什么作用？

3. 品味语言

（1）揣摩下面句中加点的词，说说它的表达效果。

A. 孩子的心灵是最纯洁的一片雪地，在他们心灵上经过的时候，一定要小心，再小心，不要弄脏了孩子的世界，不要踩疼了他们的梦想。

B. 爸爸，顺着我的脚印走，别踩疼了雪。

（2）第（16）段划线的句子，有什么深刻含义？

4. 联系全文，说说“雪”在全文中有什么象征意义？

5. 文中第（10）段有妈妈写给女儿的一封信。在“5·12”汶川大地震中，也有一位母亲给孩子留下了短信。这位母亲双膝跪地，双手撑地，用脊梁为她三四个月大的孩子挡住了垮塌的房屋。在离世前她用手机给孩子留下短信：“亲爱的宝贝，如果你能活着，一定要记住我爱你。”读了这两位母亲的信，你有什么感受？请联系实际作答。

原题名师解答

1. 在女儿心中，雪花是妈妈变成的，通过看雪找到了与妈妈的联系，以此怀念妈妈。

2. 引出下文（或“承上启下”），由“看雪”的描绘转入对妈妈的回忆。

3. （1）A变抽象为具体，表现出父亲对女儿梦想的呵护，对女儿的爱。

B用拟人手法赋予雪生命，表达出女儿对母亲的爱，展示了女儿纯洁的心灵。

（2）人生有再大的不幸，只要我们拥有纯洁的心灵，我们就能乐观面对，就能战胜不幸。

4. ①象征母亲美好形象②象征纯洁的心灵

5. 示例：两位母亲的信，让我认识到母爱的伟大。想到妈妈平时对我的付出，我要说“妈妈，我爱你！”

母亲的病友名单

（2011年中考现代文阅读）

母亲在肿瘤医院住院期间，认识了一些老姐妹，慢慢地，她们建立了一种相依为命的情感。回家那天，眼神不好的母亲，让我把她们相互留的电话号码工工整整地抄下来。长长的一排，算上母亲自己，一共十二个危在旦夕的生命。

从此，家里的电话忙得不可开交，几乎每天都有母亲的病友打来电话，她们互相询问病情，嘘寒问暖，相互鼓励，俨然成了天底下最知心的莫逆之交。母亲每天都会守着电话，害怕错过每一个病友的问候。

我们特地为母亲买了个手机，让她可以随时随地接听病友的电话。我把那十一个人的号码挨个儿存进了母亲手机的通讯录里，仿佛存进去一笔巨额财产。

那是一群在死亡线上挣扎着的人，她们共同筑起了一道生命的墙。不仅是母亲，她们每个人都有一本通讯录，那是她们要从死神手里抢回来的生命名单，每个人都是另一个人要拯救的对象。

起初，母亲是悲观的，治疗上不太配合，我们用尽了各种办法使她振作，可都无济于事……

后来，我们发现只要母亲和那些病友通过电话之后，就变得开朗了许多，心情舒畅。我们为母亲的手机多备了几块电池，保证母亲的手机一天二十四小时开着。

杨姨是十二个人中最乐观的一个，其实也是病情最严重的一个。她的癌细胞已扩散到了全身。但每次母亲在情绪低落的时候打电话过去，杨姨都会兴高采烈地给母亲讲一些她的“奋斗”经历。通过电话后，母亲都会开心好一阵子，因为生命又有了新的希望。

又一个阴雨天，母亲疼得厉害，心情变得很坏。我们赶紧替她拨通了杨姨的手机，杨姨爽朗的声音很快传了过来：“喂，老姐妹好啊。告诉你一个好消息，昨天去医院复查，医生说我的癌细胞控制住了，活个十年八年的不成问题。我现在忙着打太极呢，不和你说了，改天再聊吧！”杨姨的话像连珠炮一样，没等母亲问什么，那边就挂断了。虽然母亲没说什么话，但知道自己的病友又一次胜利了，心里顿时敞亮了很多，感觉身体也不那么疼了。

直到有一天，母亲打电话给杨姨，这次换成一个年轻人接电话：“我妈去世已经半年了，她临终前几天让我们替她在手机里录制了几段录音。告诉我们不能关机，免得你们打不进来电话。”说到这些，年轻人有些哽咽，“阿姨，我不能再瞒您了，这半年来，你们听到的，都是我妈妈的电话录音……”

挂了电话，母亲的手开始抖了起来。她拿过那本通讯录，用笔轻轻地把杨姨的名字圈了起来。那一堵生命的墙，忽然就裂开了一个缺口。我听到母亲喃喃地说着：“他杨姨啊，你先走了，等些日子，我去陪你。”

我们的心跟着凉了。母亲一直依赖的希望没有了，她的心会不会就此沉进谷底呢？

结果完全相反，母亲的做法让我们所有人都感到惊讶。一辈子没跳过舞的母亲，让我们替她报名参加秧歌队！穿着大红大绿的母亲，样子很滑稽，扭起的秧歌也很生硬，但不管在晨曦里，还是夕阳下，我看到的母亲都是最美丽的。我知道，母亲不仅仅是为她自己活着，也为她的亲人们活着，更为那些病友名单上的病友们活着，就像杨姨一样。

近来，躺在病床上的母亲虚弱得很，额头上沁着大颗的汗珠。有一天，母亲的手机响了，她颤巍巍地接过手机，看了看那个电话号码，马上示意我们静下来，然后清了清嗓子，用比平常高了八度的声音对着电话欢快地喊道：“喂，老姐姐，你好吗？我好着呢，刚刚扭完秧歌，你看把我累的，气喘吁吁啦……”

我们含着眼泪听着母亲撒谎。我们知道，杨姨走了之后，母亲终于成了那堵生命的墙上，那一块最坚强的砖。

本文入选试卷现代文阅读真题

1. 从全文看，母亲随着病情的发展变化，心情不一样，请根据方框中的提示，在横线上分别补出体现母亲心情的一个词语。

   起初：悲观→后来：__________→近来：__________

2. 揣摩分析下面句子中加粗的词句在文中的表达作用。

   （1）她**颤巍巍**地接过手机……“喂，老姐姐，你好吗？……”

   （2）我把那11个人的号码挨个儿存进了母亲手机的通讯录里，仿佛存进去**一笔巨额财产**。

3. 在描绘文中两个主要人物杨姨和母亲时，作者运用了照应的方法，请从文中找出前后相照应的一组句子，并结合内容说说表达作用。

   照应句子：______________________________

   表达作用：______________________________

4. 常言道：做人要诚实。文中杨姨和母亲面对病友，都说了假话。对此，你赞同她们的做法吗？请说明理由。

5. 结合文义，说说母亲为什么值得崇敬，再从你的角度谈谈对困难的认识。

原题名师解答

1. 开朗（或舒畅）乐观（或豁达）

2. （1）“颤巍巍”反映了母亲的病情严重，却依然接听病友的电话，表现了她的高尚品格。

（2）运用夸张性比喻，把“通讯录”比喻成“巨额财产”，表明通讯录的重要性，是母亲赖以生存的坚强动力，有了彼此的问候、鼓励，生命就有了新的希望，这是无价之宝。

3. 示例1：“通过电话后……新的希望”照应“母亲一直依赖的希望没有了……沉进谷底呢”。

作用：前句写母亲通电话，受到杨姨乐观的影响，从悲观中渐渐看到生命的希望；后句写母亲知道杨姨已死，希望没有了。通过对比来照应，突出我们的担心，为下文起到铺垫作用。

示例2：“我现在忙着……再聊吧”照应“喂，老姐姐……气喘吁吁啦”。

作用：杨姨用善意的谎言把乐观传递给母亲，母亲接过杨姨生命散发的火光，把坚强、乐观传递给另外的病友，把无限的希望与美好送给对方。

示例3：“母亲每天都会守着电话……问候”照应“告诉我们不能关机……打不进来电话”。

作用：前句体现了母亲与其他病友间的相互关心，深厚友谊；后句体现了杨姨为给病友们传达希望和乐观，死后也不让家人关机，体现了杨姨的高尚品质。

4. 提示：赞同，围绕谎言目的作答，如“善意的谎言，给病友鼓励，让病友看到希望”等。

5. （示例）：因为母亲乐观坚强，生命危在旦夕时却以关爱和鼓励传递着生命的快乐，让短暂的时光更有价值，所以值得崇敬。我作为一个健康（或健全）的人，平时遇到一点点挫折就畏缩不前，如今想来真惭愧。今后，我一定要乐观地面对一切困难，相信：赠人玫瑰，手留余香，把更多的爱和快乐带给别人。（以上意对即可）

雪花，春天的邮戳

（内蒙古包头市2011年中考模拟现代文阅读）

①我相信雪花是春天的邮戳。（A）她贴着我的额头，附着我的耳畔，与我耳鬓厮磨，然后瞬间融化。雪花匆匆地来去，只为提醒我，春天的幕布已经拉开。

②但他对雪却厌恶至极。他是一个小饭馆里的服务生。我听见他向着天空咒骂，仿佛漫天飞舞的是令人生厌的蚊蝇，恶毒的语言与他清俊的脸孔极不协调。

③他二十岁的脸上总是看不到表情。人们从不解、好奇，到最后认定他根本就缺少基本感情。孤僻又冷漠的孩子啊！

④那天是元旦，天空飘着零星的雪花，出奇的冷。饭馆里没有其他客人，我喜欢在下雪天喝点酒，便示意让他来陪陪我，老板也允许了。不胜酒力的他喝了二两小烧，便将心底的哀伤吐露无遗。我第一次看见他哭了，眼泪让我确信他身体里的血依然是热的。他说他从小就没了父母，一直和奶奶相依为命。奶奶上了年纪，却还要到处收破烂供他读书。这样的书他读不下去，他自作主张，卖掉了课本做路费，来城里打工。当他买了很多吃的穿的回家的时候，却看见在漫天大雪下，奶奶因为长久在门口守望，身体已经冻僵！有人说，少年的情怀最真，是的，我看到和听到过无数煽情的事情，但他的故事却那样令人

心痛。他的哭泣久久盘旋在我的耳边："奶奶说她不要好吃的，不要好穿的，只要我陪在她身边。奶奶无时无刻不在等我回来，可是，她没有等到。都是这该死的雪，带走了奶奶。"

⑤他指着那些贴满窗棂的大朵大朵的雪花，不停地诅咒着。这是他怨雪的原因。可是，他多么深地冤枉了雪花啊。他的咒骂，让我心疼。

⑥"真正让奶奶冷的，是你不在她的身边啊。"他愣住，猛地喝了一大口酒，痛苦地把头深埋在掌心里。"换个角度看，奶奶走时披了厚厚的雪，也会很温暖吧？"他没有应答，我又道："奶奶不在了，所以你更要勇敢地活下去啊。"（B）他身体一颤，许久，才缓缓抬起头，眼里泪光闪闪，满脸的怨气不见了，紧抿的嘴角上却写着坚毅。

⑦雪没有罪，有罪的是，人不去把握自己的命运。

⑧我和他走到雪地上，像一张白纸上的两个标点符号。他伸出双手，张开了怀抱，看上去对雪花充满敬意和怜惜之心。我们想堆个雪人，可是积雪太薄；想到雪地上打个滚儿，又怕雪花们委屈。只好就那样在雪里呆呆地立着，任雪花落在脸上，融进心里，轻声叨念着一些随着雪花在飘的亲人的名字。

⑨我只想让他相信，每一个六角型的花瓣，都是春天的邮戳，告诉我们，再深重的苦难，也不能压垮春天。

⑩世界的表情是丰富的。人不能总是待在冬天里，只戴一顶叫作冷漠的帽子。孩子，扔掉你的帽子，再挺挺吧。

本文入选试卷现代文阅读真题

1. 请在横线上简要概括年轻人对雪花的情感变化过程。

开始：________→听了我的劝说后：________→走到雪地：________

2. 第⑥段中"真正让奶奶冷的，是你不在她的身边啊"一句中的"冷"如何理解？

3. 在A、B两句划线句中任选一句进行赏析。

4. 本文以“雪花，春天的邮戳”为题，有何好处？

5. 假如要你引用诗文名句来劝勉文中的年轻人，以下选项最合适的是（　）

A. “假如生活欺骗了你，不要悲伤，不要心急，忧郁的日子里需要镇静。”（普希金《假如生活欺骗了你》）

B. “沉舟侧畔千帆过，病树前头万木春。”（刘禹锡《酬乐天扬州初逢席上见赠》）

C. “我称为英雄的，并非以思想或强力称雄的人；而只是靠心灵而伟大的人。”（罗曼·罗兰《名人传》）

D. “长风破浪会有时，直挂云帆济沧海。”（李白《行路难》）

原题名师解答

1. 厌恶至极（或：怨恨）→不再怪罪→充满敬意和怜惜之心（意近即可）

2. 心寒（失望），孤独（寂寞）（意近即可）

3. A句：运用拟人手法，写出雪花飞舞的情态，渲染作者对雪花的喜爱。（意近即可）B句：运用动作描写、神态描写，表现了年轻人被我的话语深深打动，决心从人生的阴影中走出来，勇敢地活下去，把握自己的命运。（意近即可）

4. 用比喻手法告诉读者，困苦预告着温暖和光明。形象生动；吸引读者；激发阅读兴趣；暗含文章线索；暗含主旨。（五点中答出一点即可）

5. A

祝福的花瓣

（四川省攀枝花市2010年中考模拟现代文阅读）

女儿在班级里很有亲和力，人缘极好。这不，在她过生日的时候，一下子飞来了一大帮叽叽喳喳的同学，一屋子的麻雀顿时炸开了锅。我这个当老爸的只好亲自下厨，为他们张罗丰盛的生日晚宴。做完饭，还得和她妈妈装作有事情要出去一趟，免得他们拘束。妻子皱着眉头：指不定他们会把家造成什么样呢？我搂过妻子的肩：没事，回家我收拾。就当是闹了一次“蝗灾”，让她们狂欢去吧！

我们在深秋的凉风里瑟缩着发抖，像两个被小麻雀们占了窝，无家可归的“老家贼”一样。可怜天下父母心，我们这样，只是想给她们多一点儿玩的空间。

终于等来了女儿的“圣旨”：老爸老妈，可以回家啦！

放下电话，我和妻子一溜烟儿的往家跑。内心充满了感激：这帮小祖宗们，总算没有折腾到天亮！

回到家的时候，看见女儿正在整理同学们带来的那一大堆礼物。“哈，又是七仔，我都有五个了。”女儿调皮地蹙着眉头，“不过也好，我可以办个七仔之家了。”每打开一个礼物，女儿都要进行一番评价。我想帮她拆，她不让，她说她要自己慢慢地将它们打开。

我知道，女儿是在享受慢慢打开每一件礼物时的快乐。

每个礼物在女儿眼里都是珍贵的。“这个包装这么差，肯定不会是啥好东西。”我故意嘟囔着，随手把一个包装很差的礼物扔到了一边。

“别这么说。”女儿把那个礼物捡了起来，小心翼翼地去打开它。哇！她惊叫着，多好看的娃娃笔啊。我清清楚楚地知道，那种碳素笔一元钱一支，在小卖店里到处都是，根本不至于惹出女儿的惊呼，可是她却惊呼了，而且尾巴还很长，足够绕梁三日。

那支笔的胳膊上夹着一张纸条，上面写着：愿你用这支笔，描绘美丽的人生。哦，多美好的祝福。女儿把那张纸条连同那支笔小心翼翼地放到自己的收藏“百宝箱”里，又为自己积攒了一笔财富。

那些礼物，女儿都是怀着真诚的心悄悄打开的，又是怀着感激的心悄悄收藏的，她懂得，每个礼物上面都有别人许下的祝愿，即便是一片羽毛，也因此变得珍贵了。

那是别人送给她的一颗心。

看着女儿满足的笑容，我知道了，每颗心，都是上帝送给人世的礼物。即使你不喜欢，你也要温柔地将那些祝福的花瓣打开。

女儿捧着她的“百宝箱”，迟迟不肯睡觉。我和妻子开玩笑说，你看，女儿小小的年纪，便已是一个富翁了。

她积攒了那么多的宝藏！

本文入选试卷现代文阅读真题

1. 第一段的“蝗灾”指的是什么？
2. 女儿为什么不让我替她拆礼物？（用文中的句子回答）
3. 请你选一句，从修辞或用词的角度进行解析。
4. 第二段说“可怜天下父母心”，“可怜”是怜悯的意思，为什么说“可怜”父母心呢？请在文中找出相关细节的问题，用自己的话诠释包含在其中的父母心。

5. 题目“祝福的花瓣”是什么意思？请说说你的理解。

原题名师解答

1. “灾”指作者担心女儿的同学们会把家里搞的不像样子，像受灾了一样。

2. 文中句：女儿是在享受慢慢打开每一件礼物时的快乐。

3. 选句：每颗心，都是上帝送给人世的礼物。即使你不喜欢，你也要温柔地将那些祝福的花瓣打开。

   赏析：心，在这里指心意，是指蕴含在礼物中送给接受者的祝福。作者以【上帝送给人世的礼物】来暗喻祝福的心意是人世间无比崇高的馈赠，比平白的描述更能打动读者。而【祝福的花瓣】意指那些饱含祝福的礼物，即使再廉价，再平庸，因为含了祝福的心意在里面，所以像花儿一样美好，像花瓣一样包裹着美好的内芯，要打开来欣赏。在这里，作者又用了隐喻的手法将礼物比作花瓣。

4. 文中细节：【我们在深秋的凉风里瑟缩着发抖，像两个被小麻雀们占了窝，无家可归的“老家贼”一样。可怜天下父母心，我们这样，只是想给她们多一点儿玩的空间。】

   可怜是指父母为了儿女可以不惜一切，不计代价的付出，而忘却了自身承受的苦难，此情可叹可怜。

5. 题目【祝福的花瓣】，见题3答案。

春天的魔法师

（吉林省长春市2010年中考模拟现代文阅读）

他是一个酒鬼，人人都像躲避瘟神一样躲着他。越是躲他，他就越是讨人嫌，不是敲敲你家的门，就是拍拍他家的门，再猛吼几嗓子，搅得人家鸡犬不宁。

他在人们鄙夷的神色里缩着身子，苟延残喘地过活。

他是生活中的不幸者，妻子出车祸，孩子得了重病，双双离他而去，他每日里只能借酒消愁，每一次都酩酊大醉，恍如隔世。他清醒的时候很少，或许他最怕的就是清醒，回忆要漫上来的时候，他就用烈性的酒把它们压下去。

他怕回忆，因为他的回忆里都是鲜红的血泪。

曾经，他是一个酒吧的歌手，充满激情地歌唱生活，歌唱爱情，歌唱所有打开窗子后扑面而来的事物，然而，自从悲剧发生之后，他的屋子里再没有了歌声。曾经被他视为生命的嗓子，他也不再去爱护，那些烈性的酒烫伤了他所有附着音乐的神经。

他的心底，早已没有了歌。

没有人和他说话，所有人都躲着他。包括满巷子奔跑的孩子，大人们告诫说，小心他要酒疯，会打人的。孩子们便都很怕他。

他寡言少语。他的院子死气沉沉。他和我同龄，但看上去却像我的长辈。

春暖花开的一天，小外甥的皮球掉进了他的院子里，不敢去拿，平日里从不和他说话的小外甥，没有办法，硬着头皮冲他的屋子喊道：爷爷，爷爷。他半醉半醒地从屋子里探出头来，不大相信有人叫他。使劲揉了揉眼睛，确认了小外甥在叫他爷爷时，满脸堆笑，问小外甥有什么事情。小外甥说，爷爷你帮我把球捡回来好吗？他乐颠颠地跑过去把球捡回来，竟然隔着栅栏在小外甥头顶做了一个灌篮的动作，还滑稽地冲小外甥做了个鬼脸。谢谢爷爷，小外甥接过皮球，对他说，他们都说你可怕，可我看你一点都不吓人。然后快乐地跑开了。

他在那里怔怔地呆立了很久，忽然抬头看了看太阳，太阳很暖，他却打了个冷战。

他把自己沉在谷底太久了，一直都冷。

他再一次抬头看了看太阳，太阳很刺眼，但他没有躲避，他忽然想用阳光来取取暖。

他一点都不吓人。小外甥奔跑在那个春天，到处为他辟谣。渐渐地，到他院子里来玩的孩子越来越多。小外甥领着伙伴们常常一边玩耍一边帮他打扫卫生，当然，他院子里最多的垃圾是酒瓶子。

他在院子里做了个很简陋的篮球架子，他就坐在门口看着孩子们在那里玩着投篮的游戏，不自觉地，他轻轻哼起了歌谣。很久没有唱歌了，那些音符怯生生地从他的嗓子里蹦跳出来，虽然有些沙哑，旋律却依然很美。

这突如其来的变化让邻居们都很吃惊，更让人吃惊的是，他竟然摔掉了所有的酒瓶子，他说他要戒酒，他要保养嗓子，他要重新去唱歌。于是，每个清晨，每个黄昏，都能听到他动听的歌声，虽然也有哀怨，但音乐的光环笼罩着他，那些快乐的音符在慢慢分解他的忧伤。

在那个简陋的篮球架下，他为孩子们举办了一次小小的个人演唱会。他不停地唱着，孩子们不停地为他伴舞，为他鼓掌。邻居们也过来凑热闹，他的院子热闹极了，门庭若市，莺歌燕舞。那天，他刮了胡子，穿上了漂亮的演出服，清清爽爽的一个人，他真的还很年轻。小外甥有些不大相信自己的眼睛，这还是那个爱耍酒疯的爷爷吗？

当然不是，我点着他的头说，你应该叫他叔叔。

可是他怎么一下子变年轻了呢？小外甥依然不依不饶地问。

因为有魔法师啊。我笑。

哪一个是魔法师？

春天、爱、阳光和歌声，所有一切滋润心灵的事物，当然还有你，我可爱的孩子。

本文入选试卷现代文阅读真题

1. 请写出文章的6个情节。
2. 文中的“他”是一个什么样的人？
3. “包括满巷子奔跑的孩子，大人们告诫说，小心他要酒疯，会打人的。”用了什么描写方法？起什么作用？
4. “他的院子热闹极了，门庭若市，莺歌燕舞。”这两个词语夸张吗？有何表达效果？
5. 怎样理解这个题目？你的看法？
6. 你相信有魔法师吗？举例一个魔术节目，说为什么有深刻的印象？

原题名师解答

1. （1）越是躲他，他就越是讨人嫌，不是敲敲你家的门，就是拍拍他家的门，再猛吼几嗓子。

（2）回忆要漫上来的时候，他就用烈性的酒把它们压下去。

（3）使劲揉了揉眼睛，确认了小外甥在叫他爷爷时，满脸堆笑，问小外甥有什么事情。

（4）忽然抬头看了看太阳，太阳很暖，他却打了个冷战。

（5）每个黄昏，都能听到他动听的歌声，虽然也有哀怨，但音乐的光环笼罩着他，那些快乐的音符在慢慢分解他的忧伤。

（6）他不停地唱着，孩子们不停地为他伴舞，为他鼓掌。邻居们也过来凑热闹，他的院子热闹极了，门庭若市，莺歌燕舞。

2. 重情重义，虽然自己的生活沉重地打击了自己，但是他用巨大的勇气重新站了起来，坚强。

3. 形象描写。突出他受挫时候的沮丧和堕落。

4. 夸张，使人感觉他院子里的热闹和他的变化之大，对比，形成强烈的反差，突出人物性格和生活。

5. 运用比喻的手法，形象的表达出这个世界春天，爱的温暖和作用。

6. 有。但是那不是真正的魔法。刘谦的变钢镚，最后解说，只是靠肢体和语言的表达吸引人的注意力，然后变魔术。

丁香花儿，别睡觉

（福建省福安市2009年联考期中考现代文阅读）

“丁香花儿，别睡觉，睡着了，你就没有香味了。”

那个小女孩不停地念叨着这句话，像童谣一样好听。

其实，刚上车我就注意到那个捧着丁香花的小女孩。她大概六七岁的样子，扎着两个俏皮的小辫子，像小天使一样可爱。她很活泼，满车厢的人都愿意和她聊天，我看到她妈妈的脸上满是幸福的微笑。

她说话带着天真的童趣，让人忍俊不禁。有人问她家里谁说了算，她不假思索地说：“是爸爸啊，他是俺家的头儿。”

年轻的妈妈故意拉长声音问她：“真的吗？”

她马上改口说：“是妈妈，是妈妈。”

“刚才你不是说爸爸是家里的头儿吗？”

“可是，妈妈是家里的脖子，脖子让头朝哪儿转，头就得朝哪儿转……”

还有人看到她嘴里的豁牙，就问她牙怎么掉了，她说：“为了长出新牙啊，所以就得拔掉它。”

“那你的牙还疼不疼？”

小女孩的回答让我们把肚皮都笑疼了：“啊呀，牙齿留在医院里了，我也不知道它疼不疼！”

有人问她要去哪里，她说去看奶奶，奶奶生病了，屋子里到处都是药味，她要把丁香花放到奶奶的窗台上，让奶奶闻一闻花香，奶奶的病很快就会好了。这一次我们没有笑，却感觉她更加可爱了。

多懂事的孩子啊！因为这个小家伙，整个车厢都很热闹。她像一只彩色的蝴蝶，不停地扇动着美丽的翅膀，把春天带到车厢里来。

因为是长途，道路又特别颠簸，小家伙好像有点儿累了，她躺在妈妈的怀里，说："我困了，我要睡觉。"

年轻的妈妈怕她睡着了会感冒，就对她说："你睡觉了，你的丁香花也会睡觉的。丁香花睡着了，就没有香味了。"

"是吗？"孩子天真地说，"那我不睡了，丁香花，你也别睡觉，睡着了，你就没有香味了。"

妈妈对她说："你不想让丁香花睡觉，就用手给它扇风，看看香味是不是会更浓。"

她照着妈妈说的方法试验了一下，果然，香味更浓郁了。我很佩服这个年轻而优雅的母亲，她懂得用优美的语言唤醒孩子内心的花香。其实，每个人身上都有着各自的花香，只是有的没有被唤醒。

本文入选试卷现代文阅读真题

1. 文章的开头具有什么特点？
2. 选文加横线的句子运用了怎样的修辞手法？有什么作用？
3. 你认为选文最后一段中所说的"每个人身上都有着各自的花香"是指什么？
4. 你最欣赏小女孩的哪句回答，为什么？
5. 请用简洁的语言概括小女孩这一形象的特点。

››› 原题名师解答

1. 用人物语言开篇，先声夺人，引人入胜。
2. 运用了比喻的修辞手法，形象生动地表现了小女孩的美丽和活泼。
3. 每个人所独有的美好。
4. 示例“啊呀，牙齿留在医院里了，我也不知道它疼不疼！”显得机智而幽默。（言之有理即可）
5. 天真，可爱，活泼，聪明伶俐。（大意相近即可）

心底的照片

（四川省达州市2015年中考现代文阅读）

那是一个怎样的居住地啊，就像个垃圾处理场，臭气熏天，尘土飞扬，战争让他们流离失所，让他们饱受所有苦难。

在那里，他摸到了儿童们瘦如鸡爪的手，听到了老人们临终时的哀嚎和呻吟，看到了妇女们惊恐的眼神……那里的一粒药片比一粒金子更珍贵，一次小小的感冒引发的高烧就会将人推下生命的悬崖。死亡就像一堆篝火的熄灭，平常得已经不再让人感到伤痛了。

但让他无比惊讶的是，在他决定给他们照相的时候，不论男人还是女人，都纷纷洗脸梳头，似乎是要赶赴一个节日。他想：再贫苦的人，对生活也是充满向往的。

其实，他们是在为自己守着那最后一点尊严，让全世界都尊重的、非洲的心。

摄影家倾其所有，为他们照完了所有的胶卷。就在他要离开的时候，一个小姑娘跑过来拽住了他的胳膊，央求他照张相。他看到她将自己收拾得干干净净，特别是她的胸前，竟然还戴了一串金光闪闪的项链，她似乎看出了他眼中的惊讶，笑着对他说出了项链的秘密。原来那是她用泥巴搓出来的一个个泥球，然后用花粉涂在外面，串成了项链。

就为了做这个“项链”，她才耽搁了照相。

他拿着相机的手在颤动，他不能告诉她相机里已经没有胶卷了，他不能让这朵开在人世间最苦难之地的花在瞬息之间就凋谢，那是一颗真诚地热爱着生活的心啊。

她对着他的镜头绽放着灿烂的笑，他也不停地摁着谎言的快门，用一个个闪光灯骗过了她的期待。非洲女孩黑黑的脸和灿烂的笑，在那一刻永远定格在了摄影家的灵魂里，再也剜之不去。

回到大使馆后，我的摄影家朋友想尽办法向工作人员要了几个胶卷，迫不及待地要求再回难民营一趟，他想为那个女孩补照几张照片。前后辗转二十多天。他不知道，这二十天，一次简单的感冒，就让一个满怀期待的生命走到了尽头。

小女孩躺在母亲的怀里，永远地离开了苦难的人世，胸前的那串项链依然镀着阳光的色彩，刺得人的眼睛有种无法回避的疼痛。

她的母亲说，这二十天是孩子最快乐的日子，她每天都在盼望能看到她的照片，看到自己在灿烂的阳光下，像花儿一样开放。她临终前的最后一刻还在问：中国叔叔来了吗?

这就是生命。在那最贫苦的地方，一颗苦难的灵魂涂抹上阳光的色彩，变成珍珠，串成了美丽的项链……

››› 本文入选试卷现代文阅读真题

1. 请指出本文的叙事方法。
2. 请从文中找出与第一自然段里的“脸”和“照片”有照应的句子。
3. “胸前的那串项链依然镀着阳光的色彩，刺得人的眼睛有种无法回避的疼痛。”为什么“疼痛”且“无法回避”？
4. 小女孩的母亲为什么说这二十天是孩子最快乐的日子?

原题名师解答

1. 倒叙。

2. 非洲女孩黑黑的脸和灿烂的笑，在那一刻永远定格在了摄影家的灵魂里。

3. “疼痛”写出了作者对小姑娘受美之心的强烈感受；“无法回避”是内心的遗憾和自责：没能让小姑娘看到自己美丽的照片。

4. 因为她每天都在盼望能看到她的照片，看到自己在灿烂的阳光下，像花儿一样开放。

风是不睡觉的鸟

（黑龙江省黑河市2007年中考模拟现代文阅读）

是风把整个夜晚连接起来。从一棵树到另一棵树，从一朵花到另一朵花，从一滴露水到另一滴露水，从一个梦到另一个梦。风神操着巨大的口袋，向外倾倒这些没有翅膀的乱飞乱撞的鸟。

这个夜里，只有风在穿行，在聚集，聚集之后再散开。

一整夜我都在这样的氛围中昏昏沉沉，我感觉它将自己剥光了，撕碎了，折断了，直到黎明来到之前，它才像一个将村子洗劫一空的强盗，趁着黑暗逃离了。

不管风如何暴躁，它终究还是感动了我。它似乎正在试图唤醒什么，像那些不停探究人类心灵秘密的大师。它把整个夜里的花朵放进摇篮，它把整个夜里的鸟赶往天堂。在爱还没有消逝的地方，它的长发，飘成了夜里令人感动的旗帜。它让我相信，在比夜更深的地方，一定有比夜更黑的眼睛，比风更沙哑的喉咙，比棋子更沉重的脚步，在凝视，在歌唱，在行走。

遥远的一点亮光是什么？是慈母等着疲倦的游子归来，是新娘为河对岸的新郎举着心灯，是失魂落魄的酒杯聚到一起，是回忆的萤虫辛苦积攒的灯笼……

我相信每一颗星星都有难言的心曲，相信每一块石头都有一个美丽忧伤的故事，我和风一样，是不睡觉的鸟，在夹缝里也能舞蹈，在低凹处依然积蓄着歌声，生命太美，它的每一个角落都让人不忍错过。

这样的夜，我把自己关在屋里。屋子的四周都是敞开的窗子，仿佛那个全身都在漏水的古希腊诗人。风在我的屋子里自由地打着旋儿，欢快地舞蹈。我坐在屋子中间，任由风掀起弥散着古典气味的长发。我并不想在这个季节里留下言语，所以我默不作声，任凭时间滴滴答答淌成小溪。

我是个嗜睡的人，但今夜，我和风一样，都是不睡觉的鸟。自然中的清香调和成一种特别的气味，各种各样的鸟鸣是无须人来指挥的天籁之音，让我在敞开窗子的夜里醉了。

传说中有一种鸟是没有脚的，它们只能一直飞呀飞，累了就睡在风里。它们一辈子只下地一次，就是死的时候。

这便是我在这个夜里选择的姿势：坚持到底。坚持使我渐渐成为风，成为猎猎作响的胜利的旗帜。

我不忍睡去，我是不睡觉的鸟。我想和风一起，用自己的鸣叫唤醒那些美好的事物，陪着我生生不息地流淌。如果贫穷将我埋葬，我会禁不住放声歌唱，如果流言将我风干，我会等到鲜花怒放。我不是最早到达这个世界的人，但我却是最最不愿撤离这个世界的人，我珍藏这一切，包括黑夜，包括深渊。

这是一个需要用梦来交换的夜晚，在我胸膛里的火焰即将枯萎的时候，我把梦无私地交出去，唤回一个宁静得只有风声的夜。我放弃睡眠，放弃耷拉在枕边的梦，我对自己的心灵有过一个承诺，要给它自由，给它安宁，尽管贫穷，但要时时刻刻听着风声，尽管微弱，但要分分秒秒坚强地亮着。

风在夜里领唱，风把整个夜晚从零点开始分成两半，前一半是记忆的湖水，后一半是畅想的海洋。

在今夜的月光下，我是个眉清目秀的美人，一只口含香气的子规，因为我怀揣着世上最美好的心愿。

夜正在慢慢地整理书包，像一个急着放学的孩子，带上种种新奇的想法和少年的一丝梦想的灰烬向黎明的校门奔去。

在淡了一些的幕布上，我看见了另外两个和我一样不睡觉的鸟，一个刚刚走过荒原，一个坐在石头上，满目怅惘。一个是库切，一个是已经走远的路遥，他们正在试图唤醒沉睡的世界。库切眼中的生活就是不停地“在用鼹鼠打洞扒出的泥土造山”他质问自己的灵魂：“所有其他的人都跟生活妥协了，为什么你就不能够？为什么你就不能够？”库切坚持着，在夜的黑里搜索着照耀人心的思想。路遥的早晨永远是从中午开始的，因为他要在夜里与平凡世界里的人们对话，他要在夜里躲避艰苦生活对他的打击。他们让我相信，这个世界是美好的，让人的心头始终悬挂着一盏灯笼。每一次的黎明都让人的生命为之一振，每一次黎明都为人的灵魂注射了一支钙针。

我从今夜渡过去，从一个思想的水面渡过去。我的身体是一个空空的筏子。我渡过去，鞋子却湿漉漉地留在这里。它暗示着，我仍将歌唱着上路，仍将展开自由的翅膀，守在黑暗的夜里，和风一样，做一只不睡觉的鸟。

››› 本文入选试卷现代文阅读真题

1. 作者为什么把风比作“不睡觉的鸟”？
2. “它似乎正在试图唤醒什么，像那些不停探究人类心灵秘密的大师。”阅读全文想一想，风在试图唤醒什么？
3. 在风的歌唱声里，你发现了哪些感动你的事物？
4. 作者为什么又说库切、路遥和我也是不睡觉的鸟？
5. 这篇文章，对你有什么启示？

››› 原题名师解答

1. 因为风把整个夜晚连接起来，从一棵树到另一棵树，从一朵花到另一朵花，从一滴露水到另一滴露水，从一个梦到另一个梦，乱飞乱撞的穿行、聚集、散开。这些都是鸟的特征，所以作者称之为“不睡觉的鸟”。

2. 风要唤醒很多美好的东西：爱、欢乐、追求、生命、坚持、自由等等，其中特别主要的是坚持。

3. 把整个夜里的花朵放进摇篮，把整个夜里的鸟赶往天堂；在爱还没有消逝的地方，它的长发，飘成了夜里令人感动的旗帜；比夜更黑的眼睛，比风更沙哑的喉咙，比棋子更沉重的脚步，在凝视，在歌唱，在行走；慈母等着疲倦的游子归来，新娘为河对岸的新郎举着心灯，失魂落魄的酒杯聚到一起，回忆的萤虫辛苦积攒的灯笼；全身都在漏水的古希腊诗人；自然中的清香调和成一种特别的气味，各种各样的鸟鸣是无须人来指挥的天籁之音；传说中有一种鸟是没有脚的，它们只能一直飞呀飞，累了就睡在风里，它们一辈子只下地一次，就是死的时候；夜正在慢慢地整理书包，像一个急着放学的孩子，带上种种新奇的想法和少年的一丝梦想的灰烬向黎明的校门奔去；一个是库切，一个是已经走远的路遥，他们正在试图唤醒沉睡的世界。

4. 不睡觉的鸟是辛勤勇敢、坚持不懈、追求美好的形象，而文中的三个人都具有这种精神品质，所以也把这三人比作是“不睡觉的鸟”。

5. 示例：（1）在人生道路上，要像风一样，学会持之以恒地追求，用生命讴歌生命，用真诚唤醒真诚。

（2）美好东西让人感动，引人百折不挠地为之付出，让我们珍惜生命中的一切美好，在美好中赢得更多的成功。

风筝的心

（南京市六合区2011年中考语文模拟卷现代文阅读）

①又到了放风筝的季节，可是我的城市上空却空空如也。莫非是与这城市积下了太多的仇怨，连云都躲藏起来，不肯给城市的天空一点梦想的色彩吗？

②而我依然仰望，寻找那些飞翔的痕迹，寻找那只要一点点风就可以抖擞起精神来的风筝。

③再次见到风筝，是在三月最破败的小巷。一些蓝色的白色的紫色的欲要飞翔的念头，被一群孩子们嫩小的手提着，轻轻地，飘在一人多高的风里。

④孩子们必须奔跑，因为只有奔跑才可以带来风。

⑤老人们说，放风筝可以放掉人心中所有的烦恼和晦气，只剩下美好的愿望。人们相信，这些用心灵里最珍贵的情愫扎出来的梦想之鸢，可以把种种美好的愿望传达给上帝。

⑥小时候没有卡通没有电脑，却有广阔的草地放风筝。如今，孩子们有了各种各样的玩具，却再也腾不出时间和空间纵情奔跑，纵情释放他们的梦想。所有的时间都被各种补习培训填充，所有的空间都被钢铁水泥占领。在这个简陋的巷子里，我看见风筝精疲力竭仍无法飘过城市的额头，气喘吁吁仍无法惊动半点尘俗。

⑦孩子们在巷子里终于跑累的时候，其中一个把风筝举过头顶叹口气说，有风多好，有风它就能飞上天空了。另外几个孩子也如泄了气的皮球，蹲到地

上，不停地抱怨着——风都哪儿去了？

⑧风都哪儿去了？孩子的话让我不禁一怔。风，被高高密密的楼群阻隔在外面；风，被机器的轰鸣赶往别处；风，藏在遥远的记忆里；风，躲进有歌谣的童年。小时候，我的风筝可以放得比云朵还高。在那么高的天空上，我的风筝和白云窃窃私语，那是我儿时最美丽的花篮，一直在我的记忆里晃来晃去。

⑨风筝飞不起来，然而它们却是这座城堡里唯一长着翅膀的鸟了。它们醒着，心怀世界上最单纯的愿望：只要一点点风，只要一点点可以飞翔的天空。

⑩天空不冷清，风筝不冷清，冷清的只有风筝的心。风筝，这春天里的邮票，何时能为孩子们邮寄来春天？

⑪不知为什么，看着这些无法飞上天空的风筝，我的心里异常难受。尽管这是一些廉价的风筝，用最普通的材料制成，大概两三块钱就可以在任何一个商店里买到，但我还是希望它们能飞起来。这种希望点燃我心中隐匿了许久的渴望飞翔的念头。我对孩子们说，“明天早晨在这里等我，我领你们去一个可以让风筝自由自在飞翔的地方。”

⑫那个晚上，我挑选了最结实的竹签和最漂亮的桃花纸，精心制作了一个美丽的风筝。这是对童年的牵挂。我尽可能地将生命中所有美丽的色彩都绣到风筝的翅膀上，再扯一根长长的思念的线牢牢拴住它。我知道，我的童年不会走得太远。

⑬风筝上的那些花朵，鲜艳得就像那群孩子的脸。我仿佛听见了风筝在说：给我一点点风，给我一点点与梦有关的颜色。

⑭第二天一大早，我带上亲手制作的风筝领着孩子们去了广场。广场上人头攒动。孩子们小心翼翼地打开风筝，小心翼翼地打开自己，然后奔跑、奔跑，风来了！风筝飞上了高高的天空！

⑮我手中的线轴飞快地旋转，我的风筝追上了云朵，正在向它打听童年的消息。很多人站在那里不再走动。很多人仰起了头。很多人高声喊道：“快看，多美的风筝！”那一刻，我感觉到，适合风筝飞翔的风来了。那些安静的、优雅的心灵回来了。其实，它们从来就不曾丢失，只是有待呼唤。

本文入选试卷现代文阅读真题

1. 本文围绕“风筝”，主要写了哪几件事？

2. 作者为什么那么热衷于放风筝？

3. 品味文中两处划线句。

在这个简陋的巷子里，我看见风筝精疲力竭仍无法飘过城市的额头，气喘吁吁仍无法惊动半点尘俗。

风筝，这春天里的邮票，何时能为孩子们邮寄来春天？

4. 通读全文，说说你对题目“风筝的心”含义的理解。

5. 下列对文章理解有误的一项是（　）

A. 文章开头写该放风筝的季节，天空却很冷清，为全文奠定了失落与伤感的抒情基调。

B. 第⑨段中说“风筝飞不起来，然而它们却是这座城堡里唯一长着翅膀的鸟了”，表明城市虽然得到了快速发展，但离大自然却越来越远了。

C. 第11段中“我的心里异常难受”，是因为我知道孩子们的风筝实在是太简陋了，不可能飞上天，但他们却兴致勃勃，毫不知情。

D. 文章结尾说“那一刻，我感觉到，适合风筝飞翔的风来了”，这里的“风”喻指人们内心深处的像童年时代那样放飞自己梦想、追求美好生活的强烈愿望。

原题名师解答

1. 看孩子们在小巷中放风筝、精心制作风筝、领着孩子们去放风筝（意对即可）

2. 因为风筝见证了作者的童年，在童年的记忆中留下了深刻的印象，通过放风筝，一方面表达了对往事的怀念，另一方面也表达了对生活的热爱。（意对

即可）

3. （1）用拟人的修辞手法，生动而含蓄地表现了城市中的人们整天为琐事而忙碌着，没有闲情逸致去放风筝，在这里风筝没有了施展才华的空间。（意对即可）

（2）用比喻的修辞手法，形象生动地表现了孩子们对春天的企盼和对放风筝的喜爱。（意对即可）

4. “风筝的心”既指“我”对童年放飞风筝的美好往事的记忆，又指“我”对生活在现代都市中的孩子们没有放飞风筝的时空而感到遗憾的心情，更指“我”对自由自在、欢快幸福生活的呼唤。（意对即可）

5. C

父亲的格言

（湖北省麻城市2010中考语文模拟试卷现代文阅读）

①父亲一直教育我们做人要光明磊落，不要在别人背后指指点点。上中学的时候，我和班里的另一个同学竞争班长的职务，为了拉拢同学给我投票，我把一些同学请到家里，并说了我的竞争对手很多坏话。被父亲听到了，他当时说了一句话：（A）“当你用食指对着别人背后指指点点时，你是否注意到你其他的三个手指正指着自己并且以三倍的力量在击你！”

②父亲喝茶有个习惯，总是先把茶放到阳光下，让阳光慢慢渗入。他不懂茶道，但这道程序他却从不省略。父亲在上班前经常叮嘱母亲的话就是：“把我的茶叶放到阳光下晒晒。”晚上，父亲就会泡着那些被阳光晒过的茶，读书，写点感悟人生的字句。对于这个特别嗜好，父亲的解释是：“喝了被阳光晒过的茶，感觉心里就有了阳光的味道。”

③曾经随父亲去参加过一个远房亲人的葬礼，所有人都对死者的家属说一些“节哀顺变”之类的安慰话。父亲却拍着逐渐壮实起来的后生说：“你要快点成长，早日扛起家里的重担，大树倒了，就是要给你们这些小树腾地方。”

④下雪的时候，我用套子套住了一只鸟。我把它握在手中，如获至宝。父亲看到了，跟我打赌说他会让这黑色的鸟变成彩色的。我不信，就松开了双手。我看到，那只鸟在天空自由飞翔的时候，因为镶上阳光的色彩而变得斑斓。父亲说：（B）再美丽的鸟，失去了自由，被我们握在手里的时候，都是黑

色的。

⑤小时候有一次给家里买酱油，店家在找零钱的时候多找了一角钱，在当时，一角钱对一个孩子的诱惑还是很大的，它可以换来一大堆花花绿绿的糖果。店家找回来的一角钱是五个2分的硬币，我不想把这笔“意外之财”交给父亲，就把它们藏到了自己的鞋垫里。柔软的鞋垫里突然有这么几个硬币在里面，很不舒服。时间久了，脚被硌破了，走起路来一瘸一拐。父亲知道后，并没有训斥我，只是帮我取出那几个硬币，送还给了店家，父亲对我说：（C）不要为了几枚硬币而硌坏了自己的脚，那样自己走出的路会歪歪扭扭。

⑥在我临近高考的那段时间里，父亲下岗下，又在出苦力干活时被重物砸断了脚，对于我们来说，父亲的倒下就像天塌了一样，可是父亲依旧快乐着，在给自己削拐杖的时候还哼着歌，丝毫没有被命运击败的迹象。

⑦面对母亲的愁眉苦脸，父亲开导她说：这腿没几天就好了，现在我可以利用这几天好好养身子，身子棒实了，就是本钱哪，到时我再把钱给你翻倍地挣回来。

⑧母亲对父亲的贫嘴没办法，只好由着他在那里哼着并不好听的歌。

⑨父亲本来就是一副书生的骨架，再加上受了伤，再不能干重活了。他就买了一头毛驴，拴上一个简易的车棚，穿梭于大街小巷，收一些居民家中的废弃物品。路过垃圾堆时顺便捡点破烂卖钱。父亲的吆喝很有特点，他会编一些诸如“酒瓶子，易拉罐，搁在家里是破烂。给我就能把钱换……”之类的顺口溜，不时牵惹出居民的欢笑。

⑩父亲早出晚归，每个黄昏，我看到的都是他一瘸一拐沉重而疲惫的身影，可是他看到我时又总会在脸上绽放一推灿烂的笑。父亲就是这样，不论生活如何困顿，他总能找到自己快乐的逻辑：（D）穷人吃豆腐和富人吃海鲜一样香，穷人穿棉袄和富人穿貂皮一样暖和，富人花大钱，穷人花小钱，都是一样的活着。

⑪父亲一边擦拭着脸上的汗水，一边摩挲着我们的头，很“男人”地说：（E）“放心吧孩子们，老天不会让我们总是待在冬天里！”

本文入选试卷现代文阅读真题

1. 文中划横线的句子是“父亲”的经典“格言”，请结合文章的内容和自己的体验，说说这些“格言”给“我”的教益和帮助。

示例：（A）句格言：教“我”学会做人。

（B）句格言：____________________

（C）句格言：____________________

（D）句格言：____________________

（E）句格言：____________________

2. 读完全文后，你觉得文中的“父亲”是个什么样的人？

3. 文中父亲的每句格言都感人至深，给人以启迪。请探究一下这其中的原因。

4. 读下面一段文字，看看文中哪件事与下面这则材料的内容相同，并写出阅读这两则文字的探究结论。

一个人在高山之巅的鹰巢里，抓到了一只幼鹰。他把幼鹰带回家，养在鸡笼里。这只幼鹰和鸡一起啄食、嬉戏和休息。它以为自己也是一只鸡。这只鹰渐渐长大，羽翼丰满了，主人想把它训练成猎鹰，可是由于终日和鸡厮混在一起，它已经变得和鸡一样，根本没有飞的愿望。主人用了各种办法都，毫无效果，最后把它带到悬崖边，一把将它扔了出去。这只鹰像石头似的，垂直掉了下去，慌乱中它拼命地扑打翅膀，就这样它终于飞了起来。

5. 文章第②段是写“父亲”的“特别嗜好”——喝被阳光晒过的茶。试结合自己的观察，仿照此段写法，介绍你“父母（或亲朋）”一个“特别嗜好”。（100字左右）

››› 原题名师解答

1. 示例：C、珍爱生命（保护动物） D、不贪不义之财 E、正确面对困难 F、坚信未来（意近即可）点拨：仔细分析一下各则名言所蕴含的道理，再用简明语言概括一下。

2. 示例：父亲乐观、豁达、正直、睿智，因势利导教育儿子，以乐观的生活态度感染他人，引导孩子向上、向善，笑对生活，正视困难，坚信未来，是一位优秀的“导师”。（意近即可）点拨：从文中寻找父亲的言行，从其言行中归纳出父亲的性格特点。

3. 一是叙述的每一个故事都非常感人，非常精要、典型；二是每句格言都是在自然的叙述中导出的，富于理趣，易懂易记，朴实感人。（意近即可）点拨：从叙写方式，表达效果及含义方面综合分析。

4. 示例：①环境造人②目标影响人的成长③要因材施教④置之死地而后生（意近即可）点拨：面对一组材料，要分析这些材料的共同点，找出其中蕴含的道理即可。

5. 与文章第③段所叙事例大体相同。示例：父亲爱喝点小酒，而且爱喝亲自酿的酒。每当稻子熟了，收获完稻子后第一件事就是亲手酿酒。他把家里的秕谷和一些中等的谷子放在水里浸泡，然后洗净、醺蒸，当酒液从竹管淌下，滴入土酒罐中的时候，脸上总是洋溢着灿烂的笑容。一边细细地品着，一边自言自语地说道：自家的酒好！我酿的酒好喝！父亲到了晚年依然如此。我劝他不必如此辛劳，买点酒喝喝就行了。父亲却说：“不，不，喝自己酿的酒踏实！”
点拨：仿写一段文字，应力求形式上的大体相似，重在叙述内容是否能体现人物个性。

关于狐的一张CD

（辽宁省抚顺市2006年中考模拟现代文阅读）

那么薄的一扇窗子，最微弱的风也能将它吹破。狐微闭双眸，从内心搬出咒语，将它紧紧地罩住，不让一丝风惊吓窗子里睡熟的书生。

狐轻轻地将书生手中厚厚的诗书扔掉，那是书生用来换取功名的一块块砖。这些砖，铺在通往仕途的路上，这些砖，正在压扁一颗疲惫的灵魂。狐将压在书生心头的砖块拿掉，把自己温热的手送入他的手中。这就够了，书生已经在梦中与她相爱了。幸福就这样乘虚而入，悄悄降临。蹑手蹑脚的，像雾，像懒惰的猫，甚至带不动一丝风，惊不起一粒尘土。

狐在屋子的周围栽满蜡烛，狐在营造一座天堂。这些，睡熟的书生一无所知。

狐把雪地上所有的脚印盖住。想让自己迷失，想让自己永不回头。狐知道，在自己的路上，只有激情能熄灭激情，只有伤痛能埋葬伤痛。狐的内心，爱是永恒的方向。

那样的夜晚，注定要孕育出爱情。天上的月亮为情守夜，地上的狐为爱咯血。柔弱而又坚强的狐，在雪地上很古典地燃烧成不熄的火焰。

书生醒来了，寻找遗落的诗书。他把诗书握在手里，却再也无心翻阅。他不知道自己已置身天堂，他不知道狐已经住进了他心底的洞穴。

那么薄的一扇窗子，甚至一瓣雪花都可以将它压垮。狐，再次从内心搬出咒语，温柔地将它缠绕，不让一瓣雪花落进爱人的心里。

狐，带着墨香，带着古典的尘，姗姗躲入书生的怀，书生的藏满爱意的井。

一张关于狐的CD在漫天的雪花里读完它的最后一秒，可是它栽在我心头的火焰并没有熄灭。曾经歌唱着从青春的中心走过，又满怀忧伤地将昨天的风花雪月刻录成光盘反复播放。总想再找回一些年轻的感觉，再找回一些年少时因为无知而带来的喜悦。轻易地说爱又轻易地抛弃，太多的承诺里早已没有了承诺。当幸福的时光需要回头去看的时候，才知道生命中有一些美好靠承诺无法拴住，有一些誓言用梦的手臂也无法缠绕。

有时，命运是一个刽子手，持一把利刃，干净利落地切割着生活。在它面前，没有完整的昨天和今天，只有明天是完整的，因为明天在想象中，在期盼里。

一场轰轰烈烈的爱足以融化漫天的雪花，就是这些狐一样的，提着一盏盏悲剧的灯笼走来的情种，为我们的灵魂撒满了雪花。她们用真实抵御着这个世界铺天盖地的谎言；用柔情缠绕着这个世界如履薄冰的冷酷；__________________。

一张关于狐的CD在寒冷的夜里拯救了我，让我的心灵找到了退路。这个世界里仍然挺立着一种叫真爱的植物，它们郁郁葱葱地荫护着一群美好的心灵，一群向天堂疾飞的鸟。

真爱其实就在身旁，妻子用一块一块爱的砖头垒出的美丽的家，用一根孤单的毛线日夜不停地将爱缠绕，缠绕成的温暖的毛衣。真爱在这个早晨像隐匿在花蕊中微笑的露水，在这个黑夜像燃烧在角落里流泪的蜡烛。让人想起多年前看过的一部外国电影里的一句台词，女主人公面对猝不及防的爱情喃喃自语：风能躲过，雨能躲过，只有爱情怎么躲也躲不过。

››› 本文入选试卷现代文阅读真题

1. “狐仙”与“书生”的爱情，你在谁的作品里读得最多？

2. 细读文章第二自然段，“狐将压在书生心头的砖块拿掉”，那“砖块”指的是什么？

3. 狐“想让自己迷失，想让自己永不回头”，其最终的目的是为了什么？

4. “柔弱而又坚强的狐，在雪地上很古典地燃烧成不熄的火焰。”句子中“古典”一词在句子有什么特殊的含义？

5. 书生醒来了，为什么手里的诗书无心去翻阅？

6. 仔细的揣摩文中内容，结合上文，给划线处仿写一句话，使之前后连贯句义完整。

“她们用真实抵御着这个世界铺天盖地的谎言；用柔情缠绕着这个世界如履薄冰的冷酷；____。”

7. “一张关于狐的CD在寒冷的夜里拯救了我，让我的心灵找到了退路。”这句话的真实感情是什么？

8. 狐仙只是传说中的东西，那么作者身边有没有真爱呢？

9. 文章最后引用外国歌词“风能躲过，雨能躲过，只有爱情怎么躲也躲不过。”作结尾，有什么特别意味吗？请说说你的看法。

10. 你有没有过在听CD时，浮想联翩的经历？请具体说说。

»» 原题名师解答

1. 蒲松龄的《聊斋志异》。

2. 那些砖块是指用来换取功名的诗书。这些砖，铺在通往仕途的路上，也压抑着压扁一颗疲惫的灵魂。

3. “想让自己迷失，想让自己永不回头”，是因为狐在人间找到最温暖的情谊——爱情，为了爱情，宁愿不再回到它们自己原来生活的环境。

4. “古典”，因为有关狐仙与书生的爱情，现实生活中是根本不存在，是久远时代的一个美好的传说，是古人书本中杜撰的一种美好的理想，是对古人所言的“书中自有颜如玉”的一种诠释。

5. 因为他已经置身狐仙给他布置的天堂，心里有的只有狐仙的那美丽的身影，诗书再也没有了什么吸引他的魅力。

6. 用爱意化解着这个世界的刀光剑影，血雨腥风。

7. 作者通过那张关于狐的CD，告诉我们在尘世间，美好的爱情谁都是孜孜以求的，美好的东西，总是值得人们去怀念，去思考，去追求。

8. 对作者而言，真爱其实就在身旁，是妻子用一块一块爱的砖头垒出的美丽的家，是用一根孤单的毛线日夜不停地将爱缠绕，缠绕成的温暖的毛衣。真爱在早晨像隐匿在花蕊中微笑的露水，在黑夜像燃烧在角落里流泪的蜡烛。

9. 文章结尾引用外国歌词，是对全文所阐述爱情的升华。人世间最美好的东西，就是爱情，当它来临的时候，是没有什力量能够阻拦的。

10. 回答这一题，可以见仁见智，只要对其所听CD时的联想描述细腻即可。比如有点歌令人忧伤，有的令人振奋，有的令人快乐，只要言之有情。

第二辑

把生活变成诗歌

和生命拉钩

（湛江市2011年初中毕业模拟考试现代文阅读）

①那时我在医院做阑尾炎手术，五岁的女儿像个小大人似的跑前跑后地照顾我，让疼痛不知不觉地渐渐远离了我。她就像一个小小的太阳，走到哪里，就在哪里点燃一个春天，那里就会春意盎然，鸟语花香。

②女儿的乖巧使得病房里的每个人都很喜欢她，尤其是邻床的一个老太太，看来是个重病患者，行动很不方便，连说话都很吃力的样子，可是每当看到我的女儿的时候，她的一双眼睛便闪着光亮，跟着她的身影不停地转动。女儿也喜欢她，偷偷跟我说她像死去的奶奶。她常常爬到老人的床上去，缠着她讲故事。老人的故事很好听。但是很显然，她很累，每讲完一个故事，额头上都会沁出一颗颗豆大的汗珠来。但每隔一会儿，她还会把女儿叫过去，接着给她讲故事，她知道这是她唯一可以让孩子坐到她床边的办法。在讲过第五个故事之后，她咯血了。护士一边批评她一边给她按摩，她憨憨地笑着说："俺只想跟孩子多说会儿话。"

③医生说她的病情非常严重，现在就是靠药物来维持着。当初是一个好心人救了她，把她送到医院来的，她靠拾荒为生，一个亲人都没有，拿不出钱来治病。医院已经为她垫付了两千多元了，医院召开了紧急会议，就是否继续为老人提供无偿治疗展开讨论，最后大多数人都认为那是一个"无底洞"，而医院毕竟不是慈善机构，都同意给老人停药。停药就意味着宣判了她的死刑。在

拔掉那些针管之前，几个善良的医生凑钱给她买了新衣服。在给她穿上新衣服的时候，护士们低声和我们说，或许那是她的最后一个夜晚了。她也意识到属于自己的时间已经不多了，她和护士说出了她的心愿。

④谁都没有想到，她最后的心愿竟然是想搂搂我的女儿。连她自己都觉得这个要求是那样“过分”，谁会和一个将死的人躺在一个被窝啊！当医生向我们转达了她的愿望的时候，我们甚至来不及思考就一口回绝了，女儿不明就里，大声嚷嚷着要去，原因是可以听奶奶讲很多很多好听的故事。我完全可以理解一个没有亲人的老人将死的时候那种孤寂，那是比死亡更可怕的黑暗，可是我不能，也不敢让小小的女儿那么小就那么近距离地懂得死亡的含义。我叫家人把孩子领回家，孩子撅着嘴，很不情愿地跟着家人离开了。忽然，她像丢了什么东西似的又跑了回来。她来到老人床边，在老人耳边小声嘀咕着什么，还神秘兮兮地把手伸进老人的被窝里。我们看到，老人微笑着向她点了点头，仿佛她们之间已经达成了某种默契一样。

⑤小小的太阳走掉了，病房里顿时变成了萧瑟的秋天，处处弥散着衰败和哀伤的味道。那个夜里，我很难入睡。我朝老人她那里望过去，借着月光，我看到老人的身子不停地抖动着，但是没有一声痛苦的呻吟，我想她是在死亡的边缘挣扎着吧，却没有一个人，没有一双手可以帮帮她。那个夜晚很平静，没有因为死亡临近一个生命而感到惊惧，窗外的月光反而有些美丽，我不停地在想一个问题：女儿和老人偷偷地说了什么呢？

⑥第二天早晨，护士来给老人把脉，发现老人的脉搏跳动正常，老人还活着，而且呼吸还比前些天顺畅了许多。第三天，老人说她有饿的感觉了。她喝了我的家人为她熬的鸡汤。接下来的几天里，老人一天比一天好了起来，让人不可思议的是，她能自己支撑着坐起来了。这在我们这个医学落后的城市，完全可以称得上是一个奇迹。

⑦一周后，女儿来了，她给老人带来了一个毛茸茸的布娃娃，她说那个布娃娃就是她，让奶奶晚上搂着睡觉，就像搂着她一样。老人的眼睛又开始闪着光亮，跟着她的身影不停地转动。女儿忽然“严肃”了起来，她握住老人

的手，当着所有人的面，对我说："爸爸，我又有奶奶了，我想让奶奶回家去住。"我被这突如其来的"郑重决定"弄了个措手不及。女儿说她离开医院的那天，跟老人许下了一个诺言，她让老人等着她再来。她要给她一个大布娃娃，还要认她做奶奶。"说话就要算数，我们还拉钩了呢，"女儿怕我不同意，强调说："拉钩，上吊，一百年不许变……"我使劲地点了点头，眼里含满泪水。为老人，也为我的女儿。

⑧院长听说了女儿和老人拉钩的故事之后，又一次召开了紧急会议，决定尽全力医治老人的病。"就算是为了一个孩子纯真的心愿。"那是院长在会议上说的最后一句话。

⑨老人出院，住到了我们家。女儿终于如愿以偿地睡到了老人的身边，她又缠着老人讲故事了，老人有些累，说明天给你讲两个，把今天的补上。"好，拉钩。"我又听到女儿说："拉钩，上吊，一百年不许变。"

⑩夜里的时候，我过来给她们盖被子，我看到那双嫩嫩的胖乎乎的小手和那双骨瘦如柴的苍老的手握在了一起，像一幅摄影作品，极尽和谐之美。像这个世界某个地方正在完成的某种仪式，向我暗示着一种生命的真谛：生命需要爱来传递。爱，会让生命生生不息。

››› 本文入选试卷现代文阅读真题

1. 联系全文说说标题"和生命拉钩"指的是什么？
2. 请你结合文章第②段描写老人的内容，简要分析老人的心理，并说说这一段内容在全文的作用。
3. 阅读下面两个句子，联系上下文，理解加点词语的作用。

（1）我使劲地点了点头，眼里含满泪水。为老人，也为我的女儿……

（2）女儿终于如愿以偿地睡到了老人的身边。

4. 文章两次写到医院对老人的医治问题召开紧急会议，做出了不同的决定。请你概括出医院做出的决定及每次的原因。

5. 文章的结尾说，“……向我暗示着一种生命的真谛：生命需要爱来传递。爱，会让生命生生不息”，请联系文章的内容与生活体验，谈谈你对这句话的感悟。

原题名师解答

1. 女儿与身患重病的老人拉钩许下诺言：让老人等她回来，并送老人布娃娃、认老人做奶奶。这让老人在医院停药后病情不可思议地好转，创造了生命的奇迹。（大意对即可）
2. （1）老人身患重病，但看到女儿时眼睛便闪着光亮，为女儿讲故事沁出大汗并咯血。这些描写充分表现了老人内心的孤苦，写出了老人对亲情和爱的渴求。（2）这一段的内容为后文写老人最后的心愿、与女儿拉钩创造生命的奇迹等内容作铺垫。（大意对即可）
3. （1）“使劲”点头，“含满”泪水，这两个词语充分表现了“我”被女儿的举动与老人的心愿而感动，并与前面写“我”拒绝老人的心愿的内容形成对比，写出了“我”因自私而愧疚的心理。（2）“如愿以偿”说明了女儿对老人的爱是纯洁、真诚、无私的，从一开始就有这个愿望，呼应了前文内容。（大意对即可）
4. （1）第一次：决定停止为老人提供无偿治疗，因为老人的病是个“无底洞”，医院难以负担。（2）第二次：决定全力医治老人的病，因为被女儿与老人拉钩创造生命的奇迹、被女儿纯真的心愿所感动。
5. 答案示例：爱是一个生命对另外一个生命亲近、相伴的渴望，是灵魂的融合，会产生无穷的力量。文中女孩对老人爱的诺言，使老人有力量与病魔作斗争，创造了生命的奇迹。

唤醒朵儿的心

①女儿的学校组织学生去女子监狱进行感化教育，在那里，每个学生都有机会和那些犯了法的女犯人们面对面地交流。女儿回来和我说，她头一次看到女犯人，并没有想象中的那么坏，相反，她觉得那里的阿姨都很可怜，“不能穿漂亮的裙子，不能梳好看的发型，哎，早知今日何必当初呢！”，女儿一边叹息一边像个小大人似的替她们惋惜着，脸上一副忧心忡忡的模样。

②老师让学生与女犯人结了对子，定期来监狱进行“心灵救赎”。与女儿结对子的女犯人三十岁左右，“长得好看，很慈祥，一点也不像个坏人。”这是女儿对她的评价。她摩挲着女儿的头说，“我的女儿也像你这么大。”她说她贪污了信用社里的钱，她说她只想着给孩子准备好灿烂的前程，没想到，竟然身陷囹圄。她说她很想见女儿一面，可是女儿写信来，嫌她是劳改犯，同学们常常嘲笑她。女儿恨她，不肯见她。

③她说她的女儿叫“朵儿”，鲜花一样的朵儿，每个夜晚都在她的梦里盛开。

④女儿问了朵儿的学校，她想帮帮和她结了对子的阿姨。她觉得既然结了对子，两个人就是好朋友了，她有责任帮她的朋友。

⑤女儿果真找到了朵儿，并不像她妈妈说的那样，鲜花一样的朵儿。相反，她觉得这个朵儿有些萎靡不振，有点自暴自弃。她对朵儿说，去看看你妈妈吧，她很想你。可是朵儿一下子变了脸色，她说她不会去看她妈妈的，她说

她心里的妈妈已经死掉了。

⑥女儿坚持不懈地去了好几趟，都是无功而返。无论女儿说什么，朵儿就是不肯去看她的妈妈。

⑦女儿回家，一脸愁容，向我讨法子。我想到了一个办法。我给了她几粒花籽儿，让她告诉朵儿，是她妈妈捎给她的，如果种子发芽了，就说明妈妈一定会改过自新，重新做人，朵儿就要答应去看妈妈。

⑧女儿把我的想法告诉了朵儿，朵儿同意了。

⑨“把这个花盆放我家吧，我替你看着，等发芽了我告诉你。”女儿对朵儿说，朵儿点点头。

⑩从此，这两个小人儿就多了一份差事，每天放学后都会跑到我家的阳台上，精心地照顾她们的花籽，焦急地盼着它早日发芽。她们一边写作业一边和花盆里的种子聊天，她们固执地认为，种子能听见她们的话。她们对着花盆喃喃低语，似乎在与它彼此承诺着什么。女儿自信地说，种子听了我的话，它一定会很快发芽，很快开出鲜花来的。女儿也会把朵儿妈妈的近况绘声绘色地描述给朵儿，告诉她，妈妈是如何的想念朵儿。每一次，都会把朵儿说得掉下很多眼泪来。

⑪有一天，天空阴得厉害，我接到了女儿打来的电话。她在电话那边气喘吁吁地说：“爸，你快回家一趟，把朵儿拿到屋子里，我怕下大雨，把朵儿淋坏了……”女儿把她种下的花籽也叫朵儿，或许是她觉得，那种下的本来就是朵儿的心吧。圣旨一下，多忙的事情也得靠边站。我知道，那个花盆里孕育着一个心灵的世界，我不敢怠慢。

⑫过了大概有十多天，那种子终于颤巍巍地露出头来，在那个清风徐徐的早晨，它左瞧瞧右看看，对这个陌生的世界充满好奇，不明就里。

⑬女儿一个劲儿地揉着眼睛，不敢相信这个事实。她捧着花盆，和那个初出茅庐的小家伙打着招呼：“朵儿，让我领你去看你的妈妈，好不好？”朵儿点点头。

⑭朵儿的心，就那样发芽了。

⑮我帮女儿找来一个罐头瓶子，把朵儿罩上，瓶子里沁着一粒粒生命成长过程中的汗珠。

⑯又一个“感化日”的时候，她们俩拿着那盆花，来到监狱。

⑰女儿回家对我说，她看到朵儿的妈妈搂着朵儿哭得像个泪人似的。她还看到朵儿一会儿哭一会儿笑的，她说她们娘俩，就像一大一小两朵开得正艳的花。

⑱从那次“感化日”后，老师为孩子们布置了新的任务，让每个学生都养一盆花，送给与自己结对的阿姨。

⑲“爸爸，朵儿会开花吗？”女儿问我。“每一粒花籽都是一个沉睡着的生命，”我对我的女儿说，“你已经唤醒了她，那么她就一定能够开成世界上最艳丽的花。”女儿若有所思地点点头。

⑳我知道，女儿小小的心已经开花了，因为她唤醒了爱的种子。

››› 本文入选试卷现代文阅读真题

1. 文中在⑨⑬⑲段中有三处“点点头”，请结合具体语境说说你的理解。
2. 从全文看，女儿是怎样的一个孩子，请结合文章内容简要分析。
3. 假如你是文中的朵儿，在有这样的一番经历之后，在“感化日”见到母亲时，你会对文中我的“女儿”说些什么？

››› 原题名师解答

1. 朵儿接受女儿的建议，同意将花盆放在我们家里，等待花种发芽；花种发芽了，朵儿兑现承诺，答应去见妈妈；女儿在成功地化解了朵儿母女之间的矛盾后，在聆听了我的教诲后，对生活有了新的感悟，赞同我的观点。
2. 女儿是一个懂事、有责任心、有爱心的孩子。她在和朵儿妈妈结对子之后，就决定帮助她们母女，并且坚持培育花种，直至种子发芽，使母女和好如初。
3. 围绕感恩、接受母亲、把爱心传递出去来写即可。注意人物身份、说话语气。

季夫老师的精神钙片

（河南省焦作2009—2010年七年级语文上期期末试卷人教版现代文阅读）

季夫老师是我的语文老师，也是我初三时的班主任。他贫穷、瘦弱，像一粒干瘪的种子。

父亲说，季夫老师是我们村子里第一个大学生，他应该留在大城市的，不该回来。在我的印象中，季夫老师始终是个干干净净、轻轻飘飘的人。他喜欢给我们讲故事，并通过一个个故事传递给我们做人的道理。听他的故事，如同泉水滋润心灵，干净、舒适。

他讲的课也是干净的。教书的时候，他没有丝毫旁骛。课堂变成了他一个人的舞台，他在那里忘我地演出，而我们的好成绩便是献给他的掌声。我是作为留级生才有幸来到季夫老师的班级，得以接受一生难以忘怀的教育的。

那时，我在骨子里瞧不起留级生，当我忐忑不安地来到班级时，季夫老师这样向同学们介绍我："让我们大家向他祝贺，同一个年级读两次，他是幸运的。因为他可以得到两倍的同学和朋友。"同学们真诚地为我鼓掌，我真诚地向他们鞠躬。

那是我既艰苦又美好的初三生活。

中考前的一个月，季夫老师和家长们商量，让学生们吃住在学校，以全力备考。那一个月是我生命中最难熬的日子，常常由于紧张而失眠。为了保证学生们能安然入睡，季夫老师每天临睡前都给我们吃一粒安定片。直到顺利通过中考，没有人怀疑是这一粒小小的安定，给了我们莫大的帮助。考试成绩下来了，我们班是全校考得最好的，15个人考上了县重点高中，其中包括我这个留级生。那天，季夫老师很激动，并告诉了我们一个秘密，他说他每天给我们吃的只不过是一粒钙片而已。

季夫老师的钙片，让我们的精神之树无比茁壮。

季夫老师，一肩明月两袖清风，因为干净而清贫，也因为清贫而干净。其实他本不必如此清贫的，他在城里的一个位高权重的老同学有意帮他走出这个小村子，去更广阔的天地。他很倔强，他不走，他说他是扎根在这村子里的一棵老树，换了地方就会水土不服。

他不走，他把一切都留在了这个村子里。他在这里出生，也在这里逝去。

暑假回家的时候，我听到了季夫老师去世的消息，季夫老师是在讲台上晕倒的，他的一辈子都是在这讲台上度过的。

我去了季夫老师的讲台，依稀能够感觉到他的呼吸。我看到黑板上依然留着他的笔迹，那是他为孩子们上的最后一课：有的人死了，他还活着……没想到，这段诗歌竟成了他的悼词。多么贴切的悼词！

其实季夫老师是太过劳累了，师母常年卧病在床，里里外外都需要他一个人来打理，而对学生们，他又是竭尽了全力，他透支了自己的生命。那一刻，我真正懂得了呕心沥血的含义。

季夫老师，这粒干瘪的种子，是我们的精神钙片。

本文入选试卷现代文阅读真题

1. 请谈谈对题目“季夫老师的精神钙片”的理解？
2. 文章中划线句“他说他是扎根在这村子里的一棵老树，换了地方就会水土不服。”运用了什么修辞手法？有何表达作用？
3. “当我忐忑不安地来到班级时，季夫老师这样向同学们介绍我”一句中，

“忐忑不安”一词表现“我”当时怎样的心理?

4. 最后一段中“干瘪”与“精神钙片”是否矛盾?请分析作者为什么这样说。

5. 读完本文，你一定会被季夫老师这粒“干瘪的种子”所打动，请简要说说从季夫老师身上学到的优秀品质。

››› 原题名师解答

1. 一是指季夫老师在中考前一个月每天给学生吃的钙片，让紧张而失眠的学生安然入睡顺利通过中考。二是指季夫老师为教育事业呕心沥血、无私奉献的精神深深打动了我。（意思对即可）

2. 比喻；生动形象地写出了季夫老师不愿离开这个小村子的决心。（意思对即可）

3. 害怕同学们的嘲笑和看不起。（意思对即可）

4. 不矛盾。“干瘪”指季夫老师的贫穷、瘦弱。“精神钙片”指老师给予我们的自信、力量。

5. 示例：①默默无闻，无私奉献；②淡泊名利；③热爱教育事业（热爱本职工作）；④注意保护学生的自尊等等。（答出两点即可）

灯笼

①父亲做灯笼的手艺远近闻名，但父亲从不以此为业，靠它来赚钱。许多人为父亲遗憾，嫌他浪费了这一身手艺。父亲却总是憨厚地笑着说：当玩了，闲着也是闲着。

②逢年过节，很多人家都来求父亲做灯笼。自然不会白求，家境殷实些的，会给些闲钱。所以童年里，我们过年总会吃到很多好吃的，也有新衣服穿，放的鞭炮也多，和别人家的孩子比，我们要算是幸福的了。家境贫寒的穷人，会拿些粮食来求灯笼，他们宁可从嘴里省出来几升粮食，也要做个大红灯笼，图个喜气。

③他们心中，有一个思想根深蒂固，他们把灯笼当成一种寄托，当成了好日子的火种。父亲一视同仁，不会因为穷人还是富人，一律应允，害得自己整个腊月都闲不下来，忙得昏天黑地。但望着一家家大红灯笼高高挂，父亲就会一边抽着烟袋，一边很满足地笑，把眼睛眯成了一条连小咬儿都钻不进去的缝。

④父亲的灯笼完全是用竹子制成，而且用以编织的竹篾十分精细。这种呈椭圆形的灯笼被称为长命灯，也叫火葫芦或火蛋灯。灯笼通体由竹子制成，故有富贵驱邪之说。竹子四季常青，在民间寓意长命富贵。依我们这里的民俗，逢年节点亮竹制灯笼不仅增加年气，还可保一辈子不受穷。另有虔诚的人说，如果哪家媳妇婚后没有身孕，娘家妈便会在除夕夜偷偷将灯笼点亮悬挂在女儿

寝房外。按照此法尝试，来年肯定能抱上孙子。还有的人说，点上灯笼，可以使家里人都健健康康的，没病没灾。各种各样的说法，不一而足，但中心只有一个，都是些善良而美好的愿望。

⑤点灯笼还有讲究，正月过完，一般要将灯笼燃尽。迷信的老人说把灯笼留到来年会对子孙不利，不过父亲不舍得将它烧掉，正月后，将灯笼芯掏空，再用布将两端缝合，就给了我当蝈蝈笼子。

⑥做灯笼是个细致活儿，需经过片竹、削竹、编织、定型、上纸、写字、上油等繁琐的过程，每个过程都需要严谨的操作，只有在灯笼腰身糊裱上一圈红色皱纹纸的时候，灯笼才有了灵魂，细密的纹路衬上红色，一份喜气便骤然附到灯笼身上，挥之不去。

⑦父亲认真对待每一个灯笼，从不糊弄别人，一丝不苟地编制着手中的灯笼，他虔诚地认为，每个灯笼都是有灵魂的，只有认认真真地编制，每尺每寸都一丝不苟地完成，让每根竹条都规规矩矩，恰到好处地排好队，站好岗，灵魂才能在灯笼的身体里呆得安稳。那些灯笼做好后，父亲的手上便落满疮疤，那都是让锋利的竹条划伤的。

⑧邻居拴柱来求灯笼，拿来了半袋米。他挠着头，不好意思地对父亲说，因为领阿爸去治病，过年才回来，没赶上定做灯笼。只想来碰碰运气，看父亲有没有多做出一个来。我们知道，拴柱家境贫寒，而且家里的老人病了很久，花了很多钱医治，吃了很多的药也不见效。

⑨“<u>我只想把灯笼高高地挂起来，没准那样阿爸的病很快就会好了。</u>”拴柱充满期待地说，仿佛这灯笼真的成了救命良方。

⑩父亲刚开始犹豫了一下，但听到拴柱这样说，便斩钉截铁地说道：“有，正好多一个。”父亲从里屋拿出了一个又红又大的灯笼递给拴柱，“把这个拿回家挂上吧，希望它能灵验，让你阿爸的病早日好起来。”拴柱一个劲地道谢。父亲还撵出家门，硬是把那半袋米原封不动地塞给了拴柱。父亲心软，看不得别人的苦。“你们家条件不好，这个就拿回去吧，这可是你们过年要吃的白米饭啊。那个灯笼算我送给你们的。”

⑪拴柱被父亲感动着，堂堂一个五尺汉子，在父亲面前直抹眼泪。

⑫那是所有灯笼中做得最好的灯笼，那是我们留着自己挂的灯笼。可是父亲却白白将它送人了。我在心里和父亲赌气，嫌他把自己家的灯笼送给了别人。父亲却说，如果拴柱那个虔诚的愿望可以成真，那么我选这个最好的给他，自然就会更灵验一些。

⑬那一年，我们家虽然没有挂起灯笼，但左邻右舍高高挂起的灯笼，那些被赋予了灵魂的灯笼，仿佛格外的惦记着制造它们的人，争着要把光亮照过来似的，把我家的院子照得透亮。人们不约而同地仰起了头，看着那光闪闪的被赋予了生命的喜气的家伙，用对生活最大的热爱将一年的快乐都渲染在灯笼上，仿佛看到了光灿灿的丰收的年景，看到了衣食无忧的将来，看到了一个个即将成真的美好愿望……父亲微微有些喝醉，看着那些在风中飘荡的红红的灯笼，不无骄傲地说，总算没有瞎了这身手艺。

⑭现在我才懂得，父亲在编制那些灯笼的时候，把自己也做成了一盏灯笼，用善良做芯儿，用爱心当罩，这盏灯笼高挂在我的心里，一生都不会熄灭。

››› 本文入选试卷现代文阅读真题

1. 文章叙述了三件事，用简洁的语言概括。

2. 说说文中的父亲是个什么样的人。

3. 欣赏句子：

（1）细密的纹路衬上红色，一份喜气便骤然附到灯笼身上，挥之不去。

（2）父亲微微有些喝醉，看着那些在风中飘荡的红红的灯笼，不无骄傲地说，总算没有瞎了这身手艺。

4. 本文着力描写父亲制作的灯笼，请简要分析“灯笼”在文中有哪些作用。

5. 下列对文中有关内容的理解和分析不正确的一项是（　）

A. 制作灯笼很费时间和精力，①段中，父亲却说“当玩了，闲着也是闲着”，这句话表明父亲根本不会靠它来赚钱。

B. ③段中，作者介绍了灯笼的名称、制作材料及其寓意，这使文章带有浓郁的民俗色彩，并为下文写拴柱来求灯笼等情节作了铺垫。

C. ⑦段中的加点词语“犹豫”“斩钉截铁”，写出了父亲内心经历了从不情愿到痛下决心的漫长挣扎过程，因为他也希望自家能过一个喜庆祥和的新年。

D. ⑨段中的划线句通过描写那些赋予了灵魂的灯笼，赞美了父亲的好灵魂。正如送人玫瑰，手有余香，给人灯笼也必然会在照亮别人的同时照亮自己。

原题名师解答

1. （1）父亲给人家做灯笼，一视同仁，有求必应。（2）父亲一丝不苟地制作每一盏灯笼。（3）父亲将自家的灯笼送给了拴柱。
2. 文中的父亲善良憨厚，富有爱心，手艺高超，严谨细致，不图钱财。
3. （1）运用拟人的修辞手法以及“骤然附到”“挥之不去”等词语，写出了灯笼有了灵魂，充满喜气的特点，赞美了父亲的劳动成果。

   （2）“微醉”“荡漾着笑意”的神态描写以及语言描写，（或：以大红灯笼的喜气映衬父亲的喜悦）写出了父亲无比欣慰的心情，表现了父亲的善良。
4. “灯笼”是全文叙事线索；“灯笼”也是父亲这一形象的象征，作者着力描写灯笼，突出了父亲把自己也做成了一盏灯笼，表达出作者对父亲的崇敬、赞美之情。（意思对即可）
5. C

满世界荡漾的琴声

那天去学校接女儿放学，她给了我一个莫大的惊喜。

她老远就开始奔跑，边跑边向我大声地炫耀着：爸爸，我获奖了！

原来是女儿参加了学校的才艺大赛，她吹的口琴得了个一等奖。女儿扬着脸，骄傲地问我如何奖励她。我说，走，去吃肯德基。她一下子蹦得老高，直呼老爸万岁。

从肯德基出来，女儿又嚷嚷着要去夜市溜达。难得她这么有心情，况且明天是周末，我便说，好吧，正好一会去看你妈妈的演出。她欢呼雀跃，手舞足蹈。孩子总是那么容易满足，你给她打开了一扇窗子，她便仿佛拥有了整个世界。

让女儿安静下来的，是街边那个跪着乞讨的小女孩。作为一个望女成凤的家长，我自然不肯放过这个教育她的好机会："你看，这是个比你不幸的孩子，你刚刚吃了肯德基？可她却要在这里跪着向人们乞讨。"

"她为什么要跪着呢？"女儿问我。"因为她要博得别人的同情和怜悯。"我不知道这样的教育能否起到效果，只是看到女儿忽然安静下来，似乎在思考着什么。

我看到她在自己的书包里翻腾了起来，然后拿出那个令她获得一等奖的口琴，向我征询道："我可以把这个送给她吗？"

为什么是这个呢？我有些不解。为什么不是给她零钱或者冰淇淋之类的呢？尽管有些疑问，我还是点头答应了。女儿拿着口琴，放到胸口，思忖了一会，仿佛下了很大的决心，然后向那个乞儿走去。

毕竟那个口琴是新买不久的，她有些爱不释手。

我听女儿对那个乞儿说，有了这个口琴，你就能演奏了，你就可以不做乞丐了。我妈妈就是给人家弹琴挣钱的，可以给我买好衣服穿，领我吃肯德基。

我看到女儿像模像样地手把手当起了“师傅”，教那个小乞儿吹了一首《世上只有妈妈好》。别说，那忧伤的曲调还真能赚人眼泪。

我“配合”着女儿的善举，买了一个小折叠凳给小乞儿，告诉她以后不要再跪着，要坐着吹口琴。

女儿叽里咕噜地和她说了很多，然后伸出她的小拇指，和她拉钩。原来是女儿答应她，每天放学之后都会到这来，教她半个小时口琴，直到她学会为止。

尽管那天她吹的曲子五音不全，但我还是从兜里掏出一张十元面额的纸币，轻轻放到她前面的小纸箱里。她站起来，欲向我道谢，我说，“这是你自己劳动得来的，是你应得的。”我只是想让她明白，从那一刻起，她已经不是乞丐了，而是一个自食其力的人。

这个时候，我发现女孩的身边慢慢聚了很多人。那些匆匆忙忙的人都放慢了脚步，因为听到了这琴声。我看到有些人把手里的零钱放到女孩的纸盒里，然后摸摸她的头，一副爱怜的样子。那是个很温情的场景。我想那些听了这琴声的心灵，哪怕是获得了片刻的宁静，也是一种收获啊。有爱才有了琴声，我发现那断断续续、稚嫩而又美丽的琴声如同汩汩而出的泉水，正在慢慢注入一些人的灵魂。

而这一切的“始作俑者”，是我的女儿。此刻，我们要去看妻子的演出，我们正在通往音乐的路上。

妻子一直在一个大酒店拉小提琴。我已经很久没去看她演奏了。我在角落里找了一个座位坐下，有些偏僻，但妻子还是看到了我们。她开始演奏，我清清楚楚地感觉到妻子眼中闪现的温柔。

善良的琴声像早春的雨，丝丝缕缕，滋润着万物，滋润着心灵。

一起回家的路上，我和妻子说起女儿今天的“成就”，妻子对女儿赞不绝口。女儿早已在旁边飘飘欲仙了。我点着她的头说，现在可好，我这耳朵里被你们弄得全是琴声，满世界都是琴声了。

本文入选试卷现代文阅读真题

1. 文中女儿是什么样的人？
2. “我”是什么样的人？
3. 我发现那断断续续、稚嫩而又美丽的琴声如同汩汩而出的泉水，正在慢慢注入一些人的灵魂。怎样理解这句话？

原题名师解答

1. 女儿是一个善良，单纯可爱的孩子。
2. 我是一个明事理，善于教育孩子，尊重他人的人。
3. 这是一个比喻句，将琴声比作泉水，生动形象地写出了琴声的悠扬动听。

每朵云都是一张亲人的脸

云，就那样飘来荡去，自由自在地在天空玩耍。有时候变成一朵最妖冶的花，闪着夺目的光华；有时候变成最薄的宣纸，等着诗人去泼墨挥毫；有时候变成最轻的羽毛，煽动起怀念的微风；有时候变成最软的雪，覆盖着一些你爱的名字。

一块干净的风，轻拭她的额头，是在探测她的体温吗？云是最高处的慵懒的鸟，栖息在天空的胸脯，无比快乐。

这个下午，我伏在窗台上，看见了云，沉重的心变得轻盈。忽然间想在云的信笺上写封家书，亲人们，你们好吗？

小时候，总喜欢和哥哥姐姐们躺在高高的柴垛上，等着父母下班回家。愚钝的姐姐总是不厌其烦地去拨快座钟的时针，让它尽快走到那个幸福的时刻。这掩耳盗铃的把戏一度让她美滋滋地等待，又一次次失望。“这钟怕是出毛病了，总是走错点呢。”父亲一边调试钟点一边有些狐疑地望着我们。这个时候，姐姐就红了脸，低下了头。她以为她操纵了一座钟表，就能左右了时间，控制了岁月，我可爱的傻姐姐，那样，青春便不会从你身上掉落，你也不会远嫁他乡，我们也就听不到你在电话那边的哭泣。我们也可以永远相守在青春年少的花园里，捉我们永远也捉不完的迷藏。

那些傍晚的时光，我们一边望着天上的云朵，一边数着路上的车。哥哥拿着一张很大的烙饼，路上过来一辆马车，他就为我们揪下一小块，过来一辆自行车，就揪下更小的一块，路过一辆汽车，就扯下很大的一块。那个时候的车很少，一张烙饼够我们吃一个下午。我们哼着童谣，猜着谜语，用这样的方式等待着亲人的归来。那时的天空，蓝得像海水，云朵，洁白得像刚出生的婴儿。

更记得少年时在姥姥家的情形。姥姥家在乡下，姥姥是个驼背的小脚老太太，对我宠爱有加。每一次见面后，都要先为我煮上两个新鲜的大鹅蛋。走的时候，更是千叮咛万嘱咐，总以为我走出她的视线之后，就变成了摇摇晃晃的弱不禁风的草。当我听完了她的叮咛走出不到十米，她就又会赶着小脚上来，再想些嘱咐的话让我记着。比如哪一段的路上有积水别在那里玩，哪里的墙快倒了走时离它远点，常常让我哭笑不得的是听完她的话我都觉得要寸步难行了，不过听不听也仍是难行的，因为当她这样三番两次叮嘱完后，我走出更远的距离以为终于轻松了的时候，她总是又在身后气喘吁吁地喊我的名字。有时只为了看看我的包带是否结实，有时只为了把前几分钟里的话再重说一遍。而回望她青灰瘦小的背影远到似乎从未在田埂上出现，我却还是不能确定她会不会再突然追赶上来。或者因为我怕走得远了让她追得更辛苦，我开始在那个地点磨蹭，踢踢土疙瘩，或是查看身边地里都长的什么秧苗，抬头看着天空，一朵朵云，仿佛每一朵都是亲人的脸。直到天快黑了，时间久到可以确定她是不会再来了，这才放心的撒开双腿在荒凉的野径上狂奔去赶通往城里的最后一班公共汽车。那个时候，我不怕摔疼，我怕心疼。

一片叶子打到我的脸上，绊倒了我从遥远的地方一路走来的回忆。你看，我还是经不起眼前一粒尘埃的触动啊！那么愣愣地伏在窗台上看云的日子，让我重新年轻过来。一颗童心，原是一刻都没有离开过的，只是被我藏匿了太久。

快速而紧张的现代生活让我遗忘了我的云朵，唯一的一点诗意被逼得走投无路。洁白耀眼的云朵，就那样做着我们灵魂上的补丁，默默慰藉着我们在人世左奔右突的尘心。

我们在低处奔波劳碌，背井离乡，云却在最高的地方怀念亲人。

周末，领着孩子去郊游，顺道让她背了画板练习写生。女儿喜欢画云彩，拿着画板像模像样地画了起来，把大朵大朵的云搬运到她的画板上。女儿画的云朵都很鲜活，栩栩如生。一边画，一边对我们说，这朵云是奶奶，因为它生满了皱纹；这朵云是妈妈，因为它一挤就要流眼泪；那朵云是爸爸，因为他高高在上……

女儿是带着爱来画那一朵朵云的。在她看来，那些云，每一朵都是一张亲人的脸。不管它变幻成哪种姿势，哪种容颜，无法更改的，始终是一张张亲人的脸。

本文入选试卷现代文阅读真题

1. 作者回忆了童年生活的哪几个片段？
2. 浅析本文在写作方法上的特色。
3. 唐代诗人白居易在《庭愧》一诗中咏道："人生有情感，遇物牵所思。"请简要说说本文是怎样遇物牵所思的。

原题名师解答

1. （1）等亲人回家（2）在姥姥家的情形
2. 作者文章中穿插过去的回忆，这是一种插叙手法，插叙一些与主要情节有关的内容，再叙述文章中心，对文章情节起补充作用，使文章脉络清晰，结构紧凑、完整。
3. "人生有感情，遇物牵所思"是指看到亲人的物品而对其亲人的思念。在外地的人思念家乡，思念亲人，望着天空，看着朵朵白云，就像看着亲人的脸一般。

上帝阅读着尘世的每一个人

上帝阅读着尘世的每一个人，他把每一个人都当成了一本书。厚的、薄的？通俗的、经典的，还是无聊的？书是自己写的。对人生的理解、对家庭的理解、对爱的理解，都有着自己的思考。每个看上去普普通通的面孔后面，都会是一段段的传奇经历，一段段的曲折故事，一段段的心路历程。每个人都在用生命撰写着自己的那本书，无论高贵或卑贱、富有或贫穷、幸福或痛苦，就算只有自己一个读者，也值得每天抽出些时间来书写，总有一天你会发现这本书的价值。

网络作家南航在《每个人都是一本书》中写道：每个人都是一本书，父母是我们的出版社，生日是我们的出版时间，身份证是我们的书号。男人是汉书，老人是史书，军人是兵书，僧人是经书，多胞胎是丛书，离退休了是闲书，良朋诤友是参考书，那些以刺青、文身、彩绘为时髦的年青男女是图书。如果你身高体胖，那是大开本；如果你小巧玲珑，那是袖珍本……每个人都是一本书，让坏人成为禁书，让好人成为畅销书，（让我们用心血为墨写好自己，因为我们的印数都只一册，因此每个人都是绝无仅有的孤本珍籍！）

每个人都是一本书，有些人的故事跌宕起伏，充满传奇色彩，上帝不忍眨眼地读，爱不释手；有些人的故事平淡无奇，但他懂得用优美的句子来装饰，上帝倒也愿意瞧上两眼；有些人把自己的书，记成了一本流水账，记成了一本枯燥的万年历，上帝翻着翻着，没了兴致，随手就将它们扔到了一边。

这个世界，有贵族也有平民，有宫殿也有贫民窟，有美人也有残障者，有些人不停地怪怨上帝不公，感叹自己生不逢时，命途多舛，龙困浅滩，虎落平阳，良马难觅伯乐……其实这些抱怨上帝充耳不闻，上帝只是个愿意看书的老头儿，他阅读着尘世的每一个人，你只有把自己的书写得精彩了，才能得到他老人家的眷顾。

本文入选试卷现代文阅读真题

1. 只有把自己的书写得精彩了，才能得到他的眷顾。看了全文后，你认为怎样才能把自己的书写精彩?
2. 阅读第三段，仿写一段：有些人________有些人________
3. 请对第二段最后一句打括号的那句谈谈你的阅读感受。

原题名师解答

1. 认真对待生活的每一件事，即使是小事，令人悲伤的事，也尽全力将它们写成最美妙的故事。
2. 示例：有些人将金光耀眼的金地踩成了平土；有些人则将毫不起眼的枯丛踩成了绚丽夺目的森林。
3. 每个生物的生命只有一次，每个生物的生命都是独一无二而别无仅有的，因此没有任何生命值得被践踏，也没有任何生命是高于其他的。

不肯回家的苹果

老人是中途上的车，所以车厢里已经没有空座了，本来我是想给老人让个座的，但考虑到自己是长途，就打消了这个念头。如今想起来，我仍然为自己麻木的心感到羞愧。

看样子他是从农村来的，他要去做什么，我无从知晓。他手里提着一只篮子，里面躺着为数不多的几个苹果。那几个苹果大小不一，大多数都是皱巴巴的，像他风烛残年的脸。

在一次刹车的时候，老人没有站稳脚跟，把篮子掉到了地上，苹果们撒着欢地洒落一地，像淘气的孩子争先恐后地和老人玩起捉迷藏的游戏。老人弯腰费力地将它们一个个拾捡起来，每捡起一个，都会轻轻地用袖口拭去上面的尘灰，像在摩挲自己孩子的头。

老人像找宝一样搜寻着整个车厢，满车厢的人们热心地为老人指点苹果的一个个藏身之所，却没有一个人帮他捡起一个。他不停地数着自己篮子里的苹果，感觉少了一个。他就在每个人的座位底下不厌其烦地一遍遍搜寻着，那个不肯回家的苹果，像那个最淘气的孩子，似乎在使尽办法不让老人找到它。

这时，坐在后排的一个穿着高跟鞋的女人感觉到自己的脚碰到了什么圆滚滚的东西，她低头一看，正是老人掉落的苹果。她用她的高跟鞋勾到那个苹果，然后用脚尖用力一踢，整套动作像球星摆弄足球一样熟练。果然，那个苹果不偏不倚正好停在老人的脚边，与此同时，女人旁边的一个男人已经开始为她精准的脚法叫好了。

老人望着脚下的苹果，脸上泛起一丝潮红。但最后还是把它握到了手里，但是奇怪的是，他没有用他的袖口擦拭它，也没有将它放到篮子里。只是听他不停地念叨着，说可惜了这个苹果。

老人到站了，透过车窗，我看到他走到一个垃圾箱的旁边，把手里握着的那个苹果毫不犹豫地扔了进去，嘴里仍旧在不停地嘟囔着什么，有微微的风把他的话时断时续地吹到我的耳边：

“唉，这个苹果被糟蹋了，多可惜啊……”。

老人不肯带那个被伤了尊严的苹果回家。

我的脸立时红了起来。我不知道别人是否看到了这一幕，他们是否也会脸红？我为自己的这一趟旅行感到难过，为自己是这个车厢里的一分子感到羞愧。那个穿着高跟鞋的脚法精妙的女人如果看到这一幕，会把脸藏到哪里去呢？

老人扔掉的是一颗被蹂躏的苹果。但他拾捡回来的，是穷人的一颗充满尊严的心。老人失落的，仅仅是一颗苹果，而我们失落的，却是心中的一棵树。

››› 本文入选试卷现代文阅读真题

1. 老人采用什么行动来维护自己的尊严？回答不超过50字。
2. 人物描写包括肖像描写、语言描写、行为描写、心理描写，文中两处划线句子分别运用了哪种描写？其作用分别是什么？第一处：____第二处：____
3. 文中最后一个自然段运用的是哪种表达方式？表达了作者怎样的思想感情？

原题名师解答

1. 不再用袖口擦拭捡回的苹果，也没有将它放到篮子里，而是把它扔进垃圾箱里，还说苹果被糟蹋了。
2. 第一处：动作描写。捡起、擦拭的动作都描写得细致入微，并且还用“像在摩挲自己孩子的头”作对比，这些细致的动作描写生动形象地表现出老人对撒落的每一个苹果都十分爱惜，并为后面他把一个苹果扔到垃圾箱作了铺垫。

   第二处：心理描写。表现作者的羞愧之情，引发读者思考应如何待人。
3. 议论。表达了对老人的崇敬之情、愧疚之意，对不尊重老人的乘客感到失望，不满。

我唯一的翅膀在你那里

（长春外国语学校2011-2012学年初一语文上册期末试题现代文阅读）

那一年我上高中，家里正是水深火热的时节。屋漏偏逢连天雨，本来就家境贫寒，又遭遇了一场大冰雹，把地里所有的农作物都打成了残疾，这意味着一年的收成都泡汤了。父亲在一夜之间灰白了头发，不仅仅是为了他的庄稼，也为了那个是否让我退学的难题。

无论如何，也不能让孩子中途退学。这是父亲对我和他自己的承诺。由于生活窘迫，我在学校里处处捉襟见肘，那点可怜的生活费我要精打细算到每一分每一毛。在食堂吃最便宜的饭菜，而且每顿饭都吃个半饱。即便如此，兜里的那点硬头货每月还是早早就“举手投降”了，向生活缴了枪。

同学们自发的一些活动我从不参加，我的“小气抠门”是我的“死穴”，在他们攻击我的时候常常令我无还手之力。但我也有自己的骄傲，那就是我的学习成绩一直名列前茅，还有我的篮球水平，在学校里也是数一数二的，它可以让我一直挺直着腰板，永不低头。

学校里要举行篮球赛，作为班级的主力，我是必须要上场的，可是摆在我面前的一个难题是，我要穿什么鞋子去比赛？我羡慕同学们脚上那一双双白得耀眼的运动鞋，有阿迪达斯的，有匹克的，如果能穿上那样一双鞋子在篮球场上飞奔，该是多么潇洒，多么英姿飒爽啊！

可我只有两双布鞋，脚上的这一双和包里的那双新的，都是母亲自己缝制的，虽说那是母亲一针一线缝制出来的，但我并未感到舒适过。因为它只能踩在家乡的山路上，一旦踏上城市那做了各种标记的马路，我的脚就像踩到了炭火上，格外难受。因为我看到人们看我时总是先盯着我的鞋子看，我看到他们的脚上穿的都是漂亮的鞋子，那个时候我是气馁的，一双鞋子泄漏了我难于启齿的身世：一个穷酸的“土包子”。有一次父亲来，同学们喊我：“你爸在校门口找你。”我问他们怎么知道是我父亲，他们说：“因为他穿了和你一模一样的鞋。”接着是一大帮人肆无忌惮的笑，很坏的笑，能把人撕碎的笑。我看着脚下的鞋子，这贫穷和寒酸的象征，我恨不能一下子把它踢到南极去，让它再也不回到我的脚下。

所以我决定向父亲要一双运动鞋。尽管我知道它很贵，尽管我一向都很乖，很能体谅父母。那些天的夜里，我只做一个梦：我穿着白得耀眼的运动鞋，在篮球场上飞奔。我不停地扣篮、扣篮，我像长了翅膀一样，我飞了起来！

那时我还不知道家里遭了灾，在电话里还不忘跟父亲幽默一把：“老爸，您儿子山穷水尽啦！”父亲对家里的灾难只字未提，装作轻松地说，“别急，老爸明个给你送钱去，让你柳暗花明。”

我没想到父亲会亲自把钱给我送来，往常都是直接通过邮局就汇来了。我埋怨父亲糊涂，不会算账，这往返的路费要比那点汇费多很多呢。可父亲说他是搭别人的车过来的，没花钱。“那回去呢？”我还在为父亲的愚钝不依不饶，父亲却不恼，他一辈子都没有恼过，他憨笑着说，这不顺道还能看看你嘛！

梦终归是梦，现实还是把它打回了原形。当我向父亲说出要一双运动鞋的时候，他显得很尴尬，他说他没带闲钱来，他支支吾吾地说对不起。“只要你球打得好，同学们就会给你鼓掌的，谁会在乎你穿什么鞋子呢？”父亲自己都觉得这个安慰有些牵强，所以说的时候声音很小，仿佛自言自语一般。

我哭了，当着父亲的面。其实我完全能预料到那样的结果，父母是没有闲钱买这些奢侈品的。但我还是哭了，哭得很委屈。父亲站在那里，不停地搓着两只手，像个做了错事的孩子，显得手足无措。没和父亲说再见，我扭头就回学校去了。

运动鞋的梦想从此彻底破灭了。我想我不能在全校的同学面前丢丑，不能让所有的人都因为我的那双布鞋而笑话我，我决定退出篮球队。老师找到我，要我说出退出的理由，我支支吾吾地说，只想抓紧时间学习。

其实他们哪里知道，我是多么想在篮球场上奔跑啊！

就在比赛的前一天，门卫打电话过来，说有人找我。我在校门口看到了父亲，他的手里拎着一双崭新的运动鞋，耀眼的白，让我睁不开眼睛。我以为自己仍然在梦中，直到父亲催促我穿上试试的时候，我才敢确定这是真的。尽管不是名牌，但足以令我爱不释手，它真漂亮，我愿意叫它“白色天使”。我忍不住问父亲，怎么舍得花钱买了它？

父亲说，自从那天听了我的心愿之后，他就忍不住去了商场，打听那些运动鞋的价钱，准备回家取钱给我买。可是每一双鞋的价钱都让父亲倒吸一口凉气。在柜台前，他盯着那些好看的运动鞋看，其实是在看他儿子的心愿。正巧人家在搬货，嫌父亲挡道，就一个劲地往边上撵父亲。父亲是个干活的人，看不惯他们干活的样子，像小孩子们过家家一样。他忍不住替他们搬起货物来，以一当仨。搬完后，老板非要给他些酬劳，他却不肯收。他说就帮了这么点忙，怎么好要钱呢？可老板却坚持要给他，他就指了指货架上的那双运动鞋，挠着头，不好意思地对老板说，俺给你干一星期活，换那双运动鞋行不行？老板犹豫了一下，但还是同意了。

那一个星期对父亲来说，是一种多苦的煎熬啊。出力倒没有什么，关键是吃饭和睡觉的问题。因为口袋里没有几个钱，父亲只好每天吃一顿饭，而且每顿饭只吃一个馒头。晚上没地方住，父亲只好到桥洞里去对付，被蚊子咬得满身是包……

“就这样，鞋子到手了。”父亲不无得意地说着。我却再一次流下了眼泪。父亲慌了：“怎么了，不满意这个样式？那我可以去给你换……”我一个劲地摇头，说满意。“都大小伙子了，别总掉眼泪。”父亲拍了一下我的肩膀，说要趁早往家赶，要不晚上就到不了家了。一百多里路，父亲坚持要走着回去。

我急了，一把拽住父亲，问他是哪个商场，我要把鞋退掉，为父亲换一张回家的车票。父亲死活不肯，我抱着父亲说，爸，相信我，没有这双鞋子，我一样可以堂堂正正地走路。

那一刻，我感觉自己一下子就长大了，真正地长大了。

那场比赛，我穿着朴素的布鞋上场了。我不停地飞奔，不停地投篮，不断地把球投进篮筐，威力无比，势不可挡。仿佛长了翅膀一样，像是在飞翔。在飞奔的时候，我想到的是父亲，在投篮的时候，我想到的是父亲，我要让父亲知道，我是他最棒的儿子。

从此，我在学校里有了和乔丹一样的绰号：飞人。

从那以后，我更加勤奋地学习。终于在第二年的夏天，考取了梦寐以求的大学。我成了我们山村里飞出去的“金凤凰”，我真的会飞了，是父亲给了我坚强而自信的翅膀。

父亲，我唯一的翅膀在你那里。只有你，可以让我飞翔。

››› 本文入选试卷现代文阅读真题

1. 给下列加点字注音。①窘迫（ ）②泄漏（ ）③酬劳（ ）④绰号（ ）
2. 文章第一段作者写道：“父亲在一夜之间灰白了头发，不仅仅是为了他的庄稼”，你认为还有什么原因让父亲一夜之间有如此大的变化？
3. 在文中，作者以朴实、真挚的语言再现了那段窘困的生活，读来备受感动。请从修辞的角度分析下面句子在文中的作用。

   兜里的那点硬头货每月还是早早就“举手投降”了，向生活缴了枪。
4. 能把“苦”日子过“甜”的人，一定会拥有最富足的人生。面对生活中的“苦”，“我”是怎样克服的？我的“乐”又表现在哪些方面？
5. “慈母手中线，游子身上衣”，母亲亲手缝制的布鞋应该是很合脚的，为什么“我”并未感到舒适过？

6. 文章主要围绕“一双运到鞋”来展开情节，请简要概括这一情节中“我”的心理变化过程。通过“运动鞋”事件表现了父子之间怎样的感情？

7. 作者以“父亲，我唯一的翅膀在你那里。只有你，可以让我飞翔”一句结尾，既简洁有力，又意味深长。请联系全文分析其作用。

››› 原题名师解答

1. jiǒng xiè chóu chuò

2. 本来家境贫寒，又遭遇冰雹，这意味着庄稼无收，孩子的学费就成了问题，面临退学的困境。

3. 拟人。“‘举手投降’，向生活缴了枪”形象地写出了钱用光的窘态，生动可感。

4. 怎样克服：精打细算每一分每一毛生活费，在食堂吃最便宜的饭菜，而且每顿只吃半饱。学生们自发的一些活动从不参与。

   我的“乐”：成绩一直名列前茅，篮球水平在学校也是数一数二的。

5. 因为布鞋让“我”觉得寒酸，没面子，受到同学嘲笑。或者用原文回答亦可。（因为它只能踩在家乡的山路上，一旦踏上城市那做了各种标记的马路，我的脚就像踩到了炭火上。因为我看到人们看我时总是先盯着我的鞋子看，它泄漏了我难于启齿的身世：一个穷酸的“土包子”。）

6. 想拥有——被迫放弃——真正拥有——主动放弃

   情感：父子间的关爱，为对方着想。

7. 照应题目，升华主旨，说明父亲的大爱是我坚强自信、不断前进的巨大动力。

把生活变成诗歌

（黑龙江省大庆市2009年中考模拟现代文阅读）

①记得小时候，一个夏天的夜晚，有一只飞虫飞进了我的耳朵眼儿里。我慌张地使劲扒拉耳朵，可是那只顽皮的小飞虫死活不肯出来。我急得哭了起来。

②奶奶取出一滴清油，她说，往耳朵眼儿里滴几滴清油，就可以把飞虫的翅膀粘住，然后憋死它。

③母亲却让我站起来，把耳朵对着明亮的灯泡，像变魔术一样附在我的耳朵边喃喃低语：虫儿虫儿快出来，给你光亮让你玩……果然，不一会儿，虫儿就慢慢爬了出来，围着灯泡快乐地旋转起来。母亲说，虫儿最喜欢的是亮光，哪里有亮光，它就会朝哪里飞。

④对于两种不同的方法，诗人解释道：前者是生活，而后者就是诗歌。

⑤奶奶去世的时候，我又伤心又害怕。一个疼爱我的人永远地走了，再也不回来，蓦然间令我感觉到生命的黑暗。父亲开导我，他摸着我的头说，奶奶出远门了，那个方向是通往天堂的，上帝正在花园里召唤她呢，因为上帝喜欢她。

⑥我知道奶奶是个很虔诚的基督教徒，这样的解释让我的心锁顿时打开。父亲把我的悲伤改编成了童话。

⑦从此我微笑着生活，我知道奶奶希望我这样。无论走到哪里，我都会给自己，也给别人以微笑，把手中的爱尽力____到世间的每一个角落。

⑧一个小学三年级的学生，在作文中说他将来的志愿是当小丑。一个老师批

之为：胸无大志，孺子不可教也！另一个老师祝愿到：愿你把欢笑带给全世界！

⑨有一次到日本伊豆半岛旅游，路况很差，到处坑坑洼洼。其中一位导游连声抱歉，说路面简直像麻子一样。另一个导游却诗意盎然地对游客说：诸位先生女士，我们现在走的这条道路，正是赫赫有名的伊豆“迷人酒窝大道”。

⑩人生也是这样，当你被一件事情困扰的时候，想没想过换一种方法来解决它呢？我们每个人，无法主导生命，却可以“改编”生活。那个时候，你会觉得生活是一种很诗意的劳作，而并不仅仅是从一个肩膀到另一个肩膀的疼痛。

⑪生命中没有导演，无法为自己的人生进行彩排，但我们可以是编剧。尽管每个人的生活都会是一本陈年旧账，但我们可以把它变成我们想要的体裁：那些风花雪月可以改编成诗歌，那些柴米油盐可以改编成散文，那些坎坷和灾难可以改编成小说……让你的人生时而像水一样流淌，悠闲而又充满诗意；时而又像山路一样跌宕起伏、峰回路转、柳暗花明。

⑫生活是一座杂乱无章的素材库。我们要做的，就是努力使自己成为一个优秀的编剧。

本文入选试卷现代文阅读真题

1. 根据上下文的意思，填入第7段的横线上最恰当的一项词语是（　　）

   A. 传播　　B. 传遍　　C. 播撒　　D. 播种

2. 结合语境，说说下列句子中加点词指的具体内容。

   尽管每个人的生活都会是一本陈年旧账，但我们可以把它变成我们想要的体裁。

3. 请你比较文中划线部分两位导游的语言，分析她们的语言在表达效果上有什么不同。

4. 本文语言自然流畅，充满哲理，说说你对下面句子含义的理解。

   生命中没有导演，无法为自己的人生进行彩排，但我们可以是编剧。

5. 文章第八段表现的其实就是两种不同的生活态度，这两种生活态度有什么不同，试结合现实生活举例说明。
6. 从文章开头三段叙述的“一只飞蛾”故事中，你得到什么启示？
7. “生活是一座杂乱无章的素材库。我们要做的，就是努力使自己成为一个优秀的编剧。”面对自己将来的生活素材，你打算怎样编剧自己的生活。

原题名师解答

1. C
2. 指的是不同的生活方式，生活情趣，生活态度等。
3. 第一位导游把路面比作麻子，令人对路面产生厌恶之感，而第二位导游把路面比作迷人的酒窝，既令人产生美感，又让游客因她的机智幽默而顿生愉悦之情。
4. 生活总是充满酸甜苦辣的，充满坎坷的，每个人的道路都是不同的，生活的道路也没有现成的，我们无法改变现实，但我们可以改变对生活的态度。我们在生活中只有不断地变换着视角，用积极的态度去面对生活，你才会觉得豁然开朗，这种方式的变换何尝不像是一首诗，跌宕起伏，韵味无穷。
5. 表现出他消极的人生态度。另一个导游的人生态度是积极向上的，也是浪漫的。二者相比，前一位导游话之后，游客有一种失落感，而后一位导游的话却让游客身处不好的环境仍然游兴盎然。
6. 以奶奶和妈妈两个人对虫子飞进耳朵的不同处理方法，来说明生活中的许多问题的答案都不是唯一的。什么样的人，什么样的立场，什么样的文化层次，对同一个问题的处理方法就不同，结果也会不同。
7. 合乎情理即可。

向我挥手的那只蚂蚁

父亲，这个终生陪我走路的人，在光阴的面前瘦了、矮了。现在，我要把他的背影碾成墨，写出一份比海洋更深沉的思念。

小时候，因为住在山沟里，所以上学要走很长一段山路。父亲日复一日，送我上学。父亲没有太多的话，一路上只能听到他虎虎生风的脚步声。有一天父亲的脚崴了，他对我说：你都上五年级了，是男子汉的话就锻炼一下胆量。今天爸爸脚崴了，你自己上学吧。我心里虽然害怕，可是不想让一家人嘲笑我，就一把抓起书包，豪情万丈地走出家门。刚走出家门口，就开始胆怯起来，尤其是走过那片茂密丛林的时候，猫着腰，不敢发出声响，心也怦怦直跳，总觉得身后有什么黑乎乎的东西跟着。我就不停地回头，就真的看到了一个人影，正一瘸一拐地跟着我。我看清了，是父亲！我顿时昂首挺胸，一边走一边还故意哼哼起儿歌来。父亲以为我不知道他在身后，其实从那时起，我就知道了，这一辈子，那山一样的父爱会始终在我的身后如影跟随。

高考落榜的那年冬天，外省的亲戚给父亲写信，说是为我找了份差事，让我去那边打工。送我走的时候，父亲一如往常那样，在身后默默地跟着。我劝父亲回去，因为我不想在车站看到和父亲分别的场面，我是一个眼窝子浅的人，我怕我的眼泪决堤。父亲执拗得很，说，帮你把行李拎到站里去吧，怪沉的。到了候车室，父亲从棉袄最里层的口袋里掏出一沓整整齐齐的零钱，一捆一捆的，我看见那些钱潮乎乎的，似乎在冒着热气儿。父亲让我把它们都带上，甚至没有给自己留一元钱的回程车费。“我走着回去就行了。”父亲说，“也没多远。十多里的路，一眨眼就到家了。”

我非要让父亲带回去一些钱，父亲不肯。我和父亲撕扯着，谁也不肯妥协。我知道父亲的脾气，只好硬了心肠收下那些潮乎乎的钱。父亲忽然想到了什么似的，又把那些钱要了回去，对我说：“你等我一会儿，马上回来。”就看到他急急忙忙地钻进人群中。父亲在大街上左顾右盼，不懂红绿灯，险些被一辆轿车撞到。那个司机大声地呵斥父亲，我看到父亲点头哈腰，对着人家满脸谦卑地赔着不是。

火车要开了，父亲还没有回来，我很着急，却也有些庆幸。我想这下父亲可以把那些钱拿回去，也不用遭罪走着回去了。不想父亲一路跑着回来了，他跑起来的姿势很怪异，有点一瘸一拐的。我问他的脚怎么了，父亲一个劲地说，“没啥，就是崴了一下。”然后从兜里掏出一张崭新的百元票子和几张零块的。“我去储蓄所给你换了个整票的，这样带着安全。这些零钱你也带着在路上花，别饿肚子。”

我的眼泪终于不争气地涌了出来，大冷的天，父亲却跑得大汗淋漓，只为了找个储蓄所给我“化零为整”。

火车徐徐开动，我看到父亲一直站在那里，父亲渐渐地小了，小成一只不停地向我挥着手的蚂蚁。

那不停地挥着手的蚂蚁，在我的心底沉淀着，慢慢沉淀成一滴墨。

我这一走就是几年，回来的时候，父亲明显老了很多，背也微微的驼了。

记得更小的时候，父亲最爱举起我，放我在粗粗的树干上，看我摇摇晃晃的样子，就咧着嘴大笑。父亲，是我的菩提树，一直呵护着我随心所欲地长大。待我真的长大了，却经常不在他的身边，偶尔在周末陪陪他的时候，他也会说：“去吧，该干吗干吗去。累了，就回家。”然后就看见他拖着不再健康的身体，在黄昏里缓缓地踱来踱去。心不自觉地跟着悲凉起来，不敢想象，这个在站台上，不停地向我挥手的蚂蚁，会不会有一天突然消失，像一滴墨水离开一张纸，让我的世界变得一片空白呢！

父亲在黄昏里的背影是萧瑟的，但就是这个微微颤抖的背影，包裹着我所有的幸福。冬天，我在父亲的背影里取暖；夏日，我在父亲的背影里乘凉。

一个慢慢远去的人，一个渐行渐远的背影，他是我生命中的一滴墨，浓浓的，饱含深情。蘸着它，能写出一段感动灵魂的诗；蘸着它，能绘出一幅浓墨重彩的画；____

本文入选试卷现代文阅读真题

1. 请说说文章标题“向我挥手的那只蚂蚁”的含义及作用。
2. 试概括文章第二自然段的主要内容。
3. 品析下列语句。

（1）我的眼泪终于不争气地涌了出来，大冷的天，父亲却跑得大汗淋漓，只为了找个储蓄所给我“化零为整”。（从词语运用的角度）

（2）一个慢慢远去的人，一个渐行渐远的背影，他是我生命中的一滴墨，浓浓的，饱含深情。（从修辞的角度）

4. “父亲忽然想到了什么似的”这句话与下文的哪句话相照应？
5. 结合文义，补全文末空白句子，使之语意连贯。
6. 此文文和朱自清《背影》一文都叙述了一件很平常的什么事情？都表现了一种什么情感？

原题名师解答

1. 标题运用了比喻的修辞手法，生动形象地描绘了车站送别时父亲远去的身影，寄托了作者对父亲深沉的留恋与不舍；同时也激发了读者的阅读兴趣。

2. 父亲鼓励“我”独自上学，却又不放心，于是一路跟着“我”。

3. （1）“涌”写出了泪水之多、之急，表现了“我”对父亲深深的感激与感动。

（2）运用了比喻的修辞手法，生动形象地表现了父爱的厚重以及对“我”生命的影响。

4. 我去储蓄所给你换了个整票的，这样带着安全。这些零钱你也带着在路上花，别饿肚子。

5. 示例：蘸着它，能谱出一首温馨绵长的歌。

6. 车站送别；父亲对儿子的疼爱与儿子对父亲的感念。

雪蛾

①我十八岁那年，经历了长达两个月之久的住院生涯。有一天临近傍晚的时候，我的病房里又住进了一个病人。她大概看到我闷闷不乐便主动与我搭话，问我得了什么病。“胃肠炎”。因为当时胃正好有些疼，便随口告诉她。“那没关系，”她安慰我说，“再打几个点滴就出院了，你看我，弄不好就要拄一辈子的拐杖了，可我整天还不是高高兴兴的？”这时我才仔细地看了看她敷着厚厚石膏的右腿和一张挂着微笑的俊秀的脸。

②天色渐暗，夜色如潮水一般淹没阳光带给我的短暂的快乐。加上昨夜的一场大风将附近的供电设施吹断了几处，我不禁愁容满面，抱怨起供电工人的懒惰来了。“难道点着蜡烛不好么？”看着在风的轻拂下舞动的烛焰，她愉快地说，“把所有的窗户都打开吧。”微弱的火焰忽明忽暗，就看这时有蛾子飞进来了，绕着蜡烛飞个不停。它们显得有些盲目，东一下西一下，不停地乱飞乱撞。她似乎看得非常认真，充满好奇地睁大双眼。“快来看，”她向我喊道。我清清楚楚地看见了一只蛾子撞断了翅膀，无法再飞起来。可它依然颤动着残损的翅膀，艰难地向火焰中心飞去，火焰被扑灭了，屋子随即暗了下来。

③再次点燃蜡烛的时候，我用双手小心翼翼地保护着蜡烛，生怕再有哪些可怜的小生命葬身“火海”。她平静地说：“没用的，没有任何力量可以阻止它们扑向火焰。你知道它们经过卵变成虫，再经过虫变成蛹，然后结成茧，再

破茧而出变成飞蛾，这一生的蜕变为了什么吗？就是为了那双可以带它们扑向火焰的翅膀，为了最后那团燃烧的火。这是它们生存的姿态，精美地生，壮观地死……”我仿佛在听着诗人的吟诵，想不到她把飞蛾的生命看得如此富有寓意。我似乎隐隐约约看到躲藏在她眼眶里的泪水。

④我松开双手，让火焰在屋子中心留下一个瞬间。晦暗的一生会因为一个瞬间的火光而光明灿烂，平凡的一生会因为一个瞬间的传奇而精彩……

⑤原来，她是一名出色的民族舞蹈演员。两个月前，医院检查她患骨癌，建议她马上进行手术。可这时正有一台重大的演出等着她。中国艺术家们将在维也纳金色大厅向全世界展现中国民族音乐与舞蹈的魅力。那是她心中深深向往着的圣地，她就像一只嗜火的飞蛾，而她面前正燃烧着一团最美丽、最辉煌的火焰，她怎能不扑上去？医生警告她说，如果再不动手术，这条腿就保不住了。而她还是义无反顾地选择了那场演出。演出获得了巨大成功。那也是她艺术生命中的绝唱。在经久不息的掌声和堆满鲜花的舞台中间，没有人知道，一只美丽的天鹅将永远失去她的翅膀。

⑥“我无怨无悔，”她说，“我把生命中最美丽的瞬间留下了。如果命运让我重新选择一次的话，我还是回去选择拥抱火焰。”我从抽屉里找出所有的蜡烛，一一点上，果然，我们看见了越来越多的蛾子加入到这群狂欢着的队伍，携着平凡朴素的风，蛾子们尽情舞蹈着，用生命，用爱。我仿佛感觉到了它们的快乐，仿佛听到了它们幸福时刻的呻吟。因为几根小小的蜡烛，这个简陋的病房正在变成快乐的天堂。

⑦我在以后的岁月里，无论身处逆境还是苦旅，无论是忧伤还是疼痛。我相信，只要有夏天，就会有这种充满激情的像雪花一样多的雪蛾。

››› 本文入选试卷现代文阅读真题

1. 说说下面这个词在文中的意思。

   绝唱：

2. 概括本文的中心思想。
3. 第⑤段中那“一团最美丽、最辉煌的火焰”比喻的是：____________
4. 选出你最喜欢的句子抄写下来，并谈谈喜欢的理由。
5. 你在阅读此文的过程中，会产生一些疑问。请把你认为最有价值的一个问题写在下面。

››› 原题名师解答

1. 指在艺术生涯中的最后一次演出。或最后一次演出。
2. 热情地歌颂了雪蛾为追求一团最美丽、最辉煌的火焰勇于献身的精神以及像雪蛾一样的舞蹈演员为追求自己的事业而献身的精神。（两点：雪蛾为追求一团火焰而献身、舞蹈演员为追求自己的事业而献身的精神。意思对即可）
3. 中国艺术家们将在维也纳金色大厅向全世界展现中国民族音乐与舞蹈的魅力的重大演出。
4. 略。
5. 略。

向灵魂道歉

那天，杂街上看到了一幕猴戏：刚开始的时候，猴子是循规蹈矩的，能够按照主人的意图做各种动作，比如往篮框里投球、空中接物、骑自行车等等。可是猴子也有不听话的时候，主人就拿起鞭子狠狠地抽打它们，产生的效果却适得其反，猴子不但不听主人的命令，反而纷纷反抗起来。有的拿起砖头，有的去抢主人手里的鞭子。看到这样热闹的场面，观众们竟然鼓起掌来。耍猴子的人看到这样的“表演”更能让观众高兴，干脆就把猴子们都惹急了，他把鞭子甩得“啪啪”直响，打得猴子身上伤痕累累。主人打得越狠，猴子们越急，与主人的斗争就越“精彩”。

猴子们被打得遍体鳞伤，其中一个跑过来轻轻抚着另一个。这时候，身边的女儿突然令我佩服地大声对那个人喊道：“不准打猴子！”耍猴子的人吃了一惊，停下手中的鞭子。围观的群众也开始纷纷埋怨他的所作所为了。

第一次看他领着猴子表演的时候，女儿把自己的零花钱都给了他，那是因为她觉得猴子可爱。这一次，她没再给他钱，而是用这些钱买了一串香蕉，扔给那些受了伤的猴子。猴子们看到香蕉，顿时消解了对人的怨恨，恢复了可爱的神情。

结果，耍猴子的人这一次一分钱也没得到，围观的人都学女儿那样，买了香蕉，让猴子们痛痛快快地吃个够。耍猴子的人蜷缩在地上，垂头丧气，不知该如何是好。

其实，他现在该做的，就是真诚地向猴子道歉。

小时候，家里养过一只狗，叫老黑。它非常听我的话，每天放学回来，都会大老远地迎接我。可是有一天，不清楚什么原因，它突然“疯”了，满巷子乱跑乱窜。父亲担心它伤到别人，就决心杀掉它。当父亲气喘吁吁地把老黑摁倒，叫我用镐头快点解决它的时候，我迟疑着、恐惧着。父亲急了，大声吼骂。最后，我高高举起镐头砸向了它的头颅，奄奄一息的老黑瘫倒在地上，目不转睛地看着我。我把老黑埋到了河边。可是第二天早上，那里只剩下一个深坑，蓄满一个少年的忏悔。一整天，我坐在院子里一动不动，从领家飘过来的狗肉的味道四散开来，无边无际地萦绕……

在老黑死去的那一刻，我看见了它眼角的泪。我想道歉，却已无法挽回一个冤屈的生命。

1899年的一天，尼采离开他在杜林的旅馆，走上街道，看到一个车夫正在鞭打一匹马。尼采跑上前去，当着车夫的面，抱住马头放声大哭。当伟大哲学家的泪水洇湿马脸时，我们无法窥探那匹马的心灵。米兰·昆德拉却在自己的书中窥探了尼采的心灵。他说，尼采这一动作的广阔内涵是，他正努力替车夫向这匹马道歉。尼采眼中的马是有尊严的，有着和人类一样高贵的心灵。

向灵魂道歉，其内在的本质是拯救我们自己。

››› 本文入选试卷现代文阅读真题

1. 第一段结尾是的“精彩”，为什么要加上引号？
2. “那里只剩下一个深坑，蓄满一个少年的忏悔”中的“蓄满”是什么意思？
3. 标题的“道歉”有什么深刻含义？

原题名师解答

1. 这种“精彩”是以猴子身上的累累伤痕为代价的，反映了人对动物的虐待，是正话反说，所以加上引号。
2. 老黑死后被别人从地下挖走吃掉，只剩下一个深坑，“我”在那里为自己的行为流泪忏悔，泪水跌入深坑，“蓄满”形象化地表达了自己的悔恨。
3. 人应该善待动物，人类应该与动物和平相处；如果虐待了动物，像“我”自己早年杀死老黑一样，就只能向死去的动物的灵魂道歉。“向灵魂道歉”，本质是拯救我们自己。

第三辑

像夏日的黄昏缓缓降临

霞光是太阳开出的花

一个春天，阳光普照、鸟啭莺啼、百花盛开，每一处都是让人流连的花园，但这一切，和一个人无关。因为她是一个看不见任何事物的女孩，从出生的那一刻开始，上帝就为她和世界之间，关上了一扇重重的铁门。她在里面，阳光在外面。

她多想有一双机灵活泼的眼睛，闪烁着去捕捉一个个美好的镜头，然后拿到心头去冲洗、复印，再存放到人生的相簿里，慢慢回味。然而这一切，都只是永远无法实现的奢望。她没有看过一眼这个世界。

但是既然来到了这个世界，就不能总是背着身子哭泣。母亲说，虽然没有眼睛，你还有一双手，可以触摸世界。

是的，她有一双美丽的修长的手。

母亲为她描述世界的样子，阳光、风、水、云朵、落叶……于是，她就把所有能触摸到的火热的事物，都称为阳光，把所有能触摸到的冰凉的事物，都称为水，当风从她的指缝间慢慢划过，她感受到了温柔的力量，她会沉醉，感叹世界的美好。

一只毛毛狗伏在他的脚下，她会说：哦，多可爱的云朵。

她握着手里厚厚的广告传单，说，这么多的落叶。

她微笑着，小心碰触着她的世界，缓缓地移动脚步。

人们说：这孩子的脸，像霞光一样灿烂。她便把霞光当成了世界上最美丽的事物，珍藏在心底。

她问母亲，霞光是什么？母亲说，是太阳开了花。

那是母亲领她去听的一个音乐会，在那里，她喜欢上了钢琴。母亲领她去见一个钢琴教师，那教师说，多好的一双手，天生就该用来抚摸琴键。

与钢琴的邂逅，让她的人生有了精彩的翅膀。当她碰到那琴键，便听到了那些音符蹦跳着跑出来，那一跃一跃的跳动，忽高忽低，像她澎湃的心。

她惊讶地发现，整个世界都在琴键上呢。天空、海洋、更迭的四季，包括那令人神往的霞光。

母亲卖掉了大房子，新买来的小房子里，家徒四壁，空空荡荡，却多了一架钢琴。母亲把自己的生活拆得七零八落，却把世界完整地搬到了她的面前。

邻居们找上门来，说这嘈杂的琴声扰得他们无法休息。母亲不停地给邻居们赔着不是，她的心开始动摇了，她不想因为自己混乱的琴声扰了别人。

母亲说，上帝为每个人都安装了灵魂，那些灵魂分布在人身体的不同角落。你很特别，上帝把你的灵魂装到了指尖上，你的手指天生就该是用来弹琴的。

母亲挨家挨户地去解释，告诉他们，她是一个看不见世界的人，正在摸索着用琴声走路。邻居们的心便齐刷刷地都跟着软了。

她的琴声渐渐有了韵律，不再那样嘈杂，当那美妙的琴声响起，所有的人都知道，她又在和世界说话了。

有一天，母亲兴奋地对她说，邻居们在小区广场搭了个台子，想请她开一个演奏会。她不敢相信这个事实。那一夜，她无法安睡。飘荡在眼前的，都是幸福的花瓣和快乐的羽毛。

坐在钢琴旁，她像一个天使，脸上霞光灿烂。她优雅地弹琴，用她美丽的指尖指挥着那些快乐的音符，那些蹦蹦跳跳的音符马上变成了动听的旋律，盘旋在人们的耳畔。她惊讶自己的双手，如同附了神奇的魔力一般，在琴键上流畅自如，得心应手。

她想母亲说的或许是对的，上帝把她的灵魂放到了手指的末端。透过琴声，她向世界撒着大把大把的鲜花。人们不停地拍着手，潮水般的掌声将她摆渡到幸福的渡口。

母亲终于哭了，她为孩子找回了她的世界：阳光普照、鸟啭莺啼、百花盛开。

母亲拿着毛巾去擦拭她脸上的汗水，她紧紧握住了母亲的手，她对母亲说，她终于看到了霞光。

她说，霞光是自己的心开了花。

››› 本文入选试卷现代文阅读真题

1. 母亲为女儿的成长付出哪些努力？请用自己的话概括。
2. 联系上下文，解释文中加点词“霞光”

（1）坐在钢琴旁，她像一个天使，脸上霞光灿烂。

（2）她终于看到了霞光。

3. 文章标题“霞光是太阳开出的花”有什么含义？

››› 原题名师解答

1. 母亲为了女儿请了钢琴师，刚开始女儿弹钢琴不是很好，喧杂的琴声扰乱了邻居们的休息，这时母亲就会努力的向邻居们道歉。最后还为她在小区广场搭了个台子，让她开演奏会。
2. 第一个霞光指的是女儿的笑容，第二个指的是女儿感受到了这个世界的美好，感受到了母亲的爱。
3. 指的是我们每个人不要因为天生的残缺，就要气馁、失望，只要自己去努力，就会有收获的。

被上帝抛弃的人

陀思妥耶夫斯基不是上帝的宠儿，常常被扔将出去。他患有癫痫病，九岁首次发病，之后间或发作伴其一生。1849年4月23日他因牵涉反对沙皇的革命活动而被捕，并于11月16日执行死刑。在行刑之前的一刻才改判成了流放西伯利亚，上帝将这个走到地狱门口的倒霉蛋又拣了回来。

1864年他的妻子和兄长相继逝世，他还需要照顾兄长的家人，这使得他濒临破产。他希望通过赌博来还清债务，却欠下更多债，整个人陷入消沉之中。

为了躲避债主，他被迫到欧洲避债。出版商答应给他预付款，但是要求他要在半年内写一部长篇小说。陀思妥耶夫斯基当时正在写《罪与罚》，没有时间再写一部，但是出于生计只得同意。1866年他的代表作《罪与罚》出版，可视作近代世界推理小说鼻祖。陀思妥耶夫斯基以口述说话方式，同时说不同三篇小说故事给三位秘书写，堪称文学特技。而另一部长篇离交稿一个月，还没有写。在朋友介绍下，他认识了速记学校的高材生安娜，两人高效率的工作，一个月内完成了《赌徒》，于1867年出版。同年两人结婚，在安娜的鼓励与帮助下，他的生活才开始安定下来。1868年他完成了《白痴》。1872年完成了《群魔》。1873年开始他创办“作家日记”期刊，很受欢迎。1880年他发表了《卡拉马佐夫兄弟》——这部他后期最重要的作品。1881年陀思妥耶夫斯基准备写作《卡拉马佐夫兄弟》第二部。2月9日，他的笔筒掉到地上，滚到柜子底下，他在搬柜子过程中用力过大，结果导致血管破裂，当天去世，弥留前妻子为他朗诵圣经，葬于圣彼得堡。

这是多么糟糕的苦难史，陀思妥耶夫斯基仿佛就是被上帝扔来扔去的人，随时都在死亡的边缘徘徊；这又是一颗多么伟大的灵魂，在无比凄惨的逆境中，创作出那么多脍炙人口的文学巨著。他值得尘世的每一颗灵魂向他敬礼。

尼采说，生命是一条毯子，苦难之线和幸福之线在上面紧密交织，抽出其中一根，就会破坏了整条毯子，整个生命。生命，要通过落魄去领悟坚强，通过叛逆去领悟真我，甚至通过暴力去领悟文明，通过战争去领悟情感，通过血腥去领悟一朵花儿的芬芳，通过死亡去领悟新生……多少人在讲起他们的人生故事，可听得出，是那挟裹着一世沧桑的心，在流露着他们对生命无尽的眷恋和感恩？

上帝赐给陀思妥耶夫斯基如此多的苦难，他又是怎么对待它们的呢？他说：我只担心一件事，我怕配不上我所遭受的苦难。

是啊，不是每一颗灵魂都配得起那些苦难的。那些苦难的沙子，会将一颗伟大的灵魂磨砺成最耀眼的珍珠，陀思妥耶夫斯基就是其中最亮的一颗。

苦难在他的人生深处掀起一浪高过一浪的海啸，即便如此，我们依然能够听到他那份恬淡的心声。在与苦难搏斗之余，他会用最柔软的手帕，轻轻擦拭额头，深情地坐到窗子前，向窗外的每一片绿叶、每一朵花点头示意。在他看来，上帝给他哪怕只有一个风平浪静的日子，都是一种恩赐，他都要充满感激地去回味：

“当我十岁那年，冬天，我常常喜欢闭上眼睛，想象着一片树叶——绿油油的，亮晶晶的，上面有叶脉，阳光在闪耀。我睁开眼睛，都不敢相信，因为这太好了，于是又闭上了眼睛……

树叶是好的，一切都好！”

被上帝抛弃的人，他相信，他依然可以在人间扎下幸福的根。

››› 本文入选试卷现代文阅读真题

1. 陀思妥耶夫斯基对苦难持怎样的态度？请用原文中的一句话回答。
2. 谈谈你对文中划横线句子的理解。
3. 下面句子运用的描写方法是？有什么作用？

   在与苦难搏斗之余，他会用最柔软的手帕，轻轻擦拭额头，深情地坐到窗子前，向窗外的每一片绿叶、每一朵花点头示意。
4. 从修辞的角度分析下面句子的作用。

   生命是一条毯子，苦难之线和幸福之线在上面紧密交织，抽出其中一根，就会破坏了整条毯子，整个生命。
5. 陀思妥耶夫斯基的人生际遇给了你怎样的启示？请你再写出一个和文章中心相符的事例。

››› 原题名师解答

1. 我只担心一件事，我怕配不上我所遭受的苦难。
2. 不是人人都能经得起苦难的磨砺，有的人被苦难踩在脚下。（意思对即可）
3. 动作描写；生动形象地写出了陀思妥耶夫斯基面对苦难的恬淡。
4. 运用比喻的修辞，把抽象的“生命”具体化，生动形象地表现了苦难之于人生的重要意义。
5. 当苦难来临时，躲不过就去战胜它，用一种乐观的态度对待苦难，把苦难踩在脚下。示例：桑兰在纽约市长岛举办的友好运动会上，不幸因脊髓严重挫伤而造成瘫痪。命运的多舛没有让桑兰低头，她艰难而又坚毅地开辟了新的人生道路。

心上的《圣经》

①奶奶打过我之后，流露出深深的悔意。她揉着我的屁股，不停地问，疼吗？我摇头，心里却疼得厉害。其实我不过是弄脏了她的《圣经》而已，她便当着上帝的面惩罚我，这时的我是痛恨上帝的，因为他把奶奶的心全都带走了。

②村子里发生了火灾，唯一的一所小学在一夜之间成为废墟！我们三十二名学生在瑟瑟的秋风中微微发抖。那些日子，我们坚持在秋风中上课，我们整整齐齐地站立，大声朗读着课文，广阔的天地成了我们的课堂。

③可是天气一天比一天冷了，眼看冬天就要来临，但我们却没有一个旷课的，照常整整齐齐地站立，像一座山一样，挺起了村子的全部希望。

④那几天，天总是下雨，我们没办法上课。闲着无聊，我就把奶奶用红绸里三层外三层地包了又包的《圣经》搬出来，描摹插页上的那些精美的长着翅膀的天使们，结果就弄脏了奶奶这本神圣的“心灵读物”。

⑤奶奶是个极其虔诚的基督教徒。那时，村子里没有教堂，一到礼拜天，奶奶总是起得特别早，赶到二十里以外小镇上的教堂去做礼拜。不管刮风还是下雨，从没有耽搁的时候。

⑥奶奶没念过书，可让我感到惊讶的是，为了看懂《圣经》，她总是整夜地翻弄着一本已经损了边的《新华字典》，回想起来，奶奶那股学习的劲头就是我在高考的时候也难以望其项背。

⑦因为奶奶在村子里是个德高望重的人，所以在她的说教下，村子里加入基督教会的人开始多了起来。作为组织者，奶奶建议盖一个自己的教堂。果然，村里的教徒们你一砖我一瓦地大张旗鼓地盖起了自己的教堂。奶奶是最卖力的一个，她把父亲准备盖猪圈的砖瓦都搬走了，我向父亲告状，父亲生气，借着酒劲把奶奶训斥了一顿。可奶奶还是乐此不疲地忙着建造她的教堂，她甚至说服了爷爷，将家里的一个小仓房拆掉用来盖教堂，直到父亲以“奶奶疯了”为理由提出要与奶奶分家时，奶奶才有所收敛，她讪讪地向父亲赔笑说：“等教堂盖好了，俺天天给你祈祷，让你有好日子过，天天有酒喝，行不？”父亲听说有酒，立马精神了，说行。

⑧奶奶的教堂建设得如火如荼。即将完工的时候，奶奶病倒，从医生严峻的脸上父亲感到了一种不祥的征兆。

⑨教堂终于竣工了，可是奶奶却让人把学校的木牌挂到了门口。她歉疚地对教徒们说：“把这房子先给孩子们当教室吧，总得让孩子们有地方读书写字啊，要不然都跟咱们一样，连个《圣经》都念不下来……”面对乡亲们疑惑的目光，奶奶接着说：

⑩“咱们哪，只要把《圣经》放心上，随便找个地儿，哪怕是个仓房也能当教堂，你们说是不？”

⑪就这样，教堂成了我们的课堂。它很简陋，但一群叽叽喳喳的快乐的心却把它装点得异常美丽。

⑫奶奶走的时候，手里还握着那本用红绸里三层外三层包裹着的神秘的《圣经》。

⑬我大学毕业后在外地成了家立了业，过年的时候，回到乡下。父亲领我走进一个约有二层楼那么高的房子，一个巨大的十字架告诉我那里是一座教堂。我惊讶地发现，雪白的墙壁上挂着奶奶的遗像！一个朴素的中国老太太竟然和圣母玛丽亚做了邻居，显得那么不伦不类。父亲说，那是乡亲们执意要挂上去的，就因为当初奶奶把盖猪圈的砖瓦都拿出来给孩子们盖教室。

⑭在你的心上坐落一座教堂，你就会放飞更多善良的鸽子；在你的心上放

一本《圣经》，你就会撒出更多爱的花瓣。

本文入选试卷现代文阅读真题

1. 给文中加点字注音。

（1）讪讪（　　）　（2）如火如荼（　　）

2. 根据上下文理解划线词语的含义。

（1）望其项背：

（2）不伦不类：

3. 文章开头作者写奶奶打“我”这件事有何用意？

4. 为什么乡亲们要把奶奶的遗像挂到教堂里去？

5. 第⑭段作者所说的在心上放的那本《圣经》具体指什么？

原题名师解答

1. （1）shàn（2）tú

2. （1）表示赶得上或比得上（多用于否定句式）。（2）本意是不成样子或者不规范。这里贬义褒用，更好地表现了奶奶在人们心目中的地位。

3. 奶奶打“我”这件事反映了奶奶对《圣经》的爱惜以及奶奶的虔诚，但奶奶为了孩子们有书读毅然把教堂该做学堂。这样写为下文作铺垫，更好地揭示了文章的主题。

4. 因为奶奶的做法对大家产生了深远的影响，奶奶就是他们心中的“圣母玛利亚”。

5. 人要有一颗爱心。

像夏日的黄昏缓缓降临

博尔赫斯，这位阿根廷最伟大的作家，诞生于一个患有遗传性失明症的家族中。他用一双视线模糊的眼睛阅读了无以计数的书籍，对众多热爱博尔赫斯的读者来说，他脑子里的书抵得上阿根廷的国家图书馆，而且更加生动、出色。博尔赫斯最后二十多年的创作，是在视觉完全黑暗的状态下进行的。他甚至不得不放弃了对短篇小说的挚爱，去创作对于盲人来说更适宜记忆的格律诗。这种黑暗我们不能用轻浮的黑暗来形容，它更像是海洋的深处，那种真正的、没有任何生命能存活下去的冰冷的深处。可是，正在深渊中的博尔赫斯表达自己的感受时，却说，那感觉“像夏日的黄昏缓缓降临”。

暮色黄昏，天空开始缀满在白天隐藏起来的星星。这是失明的博尔赫斯感受到的美，痛楚而又无法逃避的悲凉的美。他赶走了那些喧嚣和躁动，把自己留在一个花园里。有时候感觉自己很轻，如同坐在一枚花瓣上，听悠扬的晚钟，听风车的转动，那些小生灵再不怕他，他也不再惧怕任何事物，世界一下子平静了。

生活不再那么烦琐、庸碌，而是在瞬间变成了一只精美的瓷瓶，他似乎看见了它光洁的肌肤闪着诱惑的光。甚至，他看清了那停留在瓷器上的蝴蝶翅膀上的花纹。

像夏日的黄昏缓缓降临。这短短的一句话够人回味一生。它在瞬间震撼了我，让我对生命多了一份领悟。如何把生命的精彩进行到底，如何以豁达的心来面对苦难和死亡？成了一种灵魂的追问。他令我同时想到了贝多芬和勃拉姆斯，想到他们临终前的从容和豁达。他们都喜欢喝酒，不仅这一生与酒结缘，似乎还与酒神定下了来生之约。他们临终前说着关于美酒的谐谑的话，“好酒啊，果然名不虚传！”没有丝毫哀伤，相反却有一种对悲苦命运的嘲讽之意。苦难可以毁掉他们的身体，却永远无法摧毁他们的意志，永远无法阻挡他们向上的心灵。而在漫漫人生中，始终陪伴在他们身边，呵护、慰藉他们灵魂的，是香醇的美酒。这些被美酒的芳香环绕着的灵魂，让我们始终相信，苦难和死亡不是结束，只是另一种征途的开始。

我有一位女同事，是一个年轻的母亲。不幸的是，她的活泼可爱的儿子在四岁半的时候出了意外，夭折了。最初，她无时无刻不笼罩在悲伤的气氛中，人也憔悴得不成样子。有一次，她看到了雨后的彩虹，想起儿子说过的话：“妈妈，彩虹真漂亮，我想去那座桥上玩……”她的心结忽然解开，这位母亲最终在心灵深处悟到，只有那些失去的，永远不会再回来的事物，才让生命变得如此甜美，如同断了弦的绝唱。她的孩子虽然去了，但在她的心里得以永恒。从此，她从办公室窗户外看见天空掉下一片羽毛时，不会再像以前那样停下脚步缅怀；在麦当劳里听见别人家小孩的笑声，也不会再泪眼婆娑；每当彩虹出现，她都会对自己说，她的孩子正在那座斑斓璀璨的桥上玩耍。

人世间的种种苦难，如果你躲不过，那么就勇敢地面对它吧。无声的、黑暗的世界里依然有它自己的美，正如经历着丧子之痛的母亲看见了彩虹，正如失明之后的博尔赫斯看见了满天星辰。

再深重的苦难，也不过是，像夏日的黄昏缓缓降临。

››› 本文入选试卷现代文阅读真题

1. 请你谈谈对“像夏日的黄昏缓缓降临”这句话的理解。
2. 文章最后一段有什么作用?
3. 从修辞的角度品味下列语句的妙处。

   “生活不再那么烦琐、庸碌，而是在瞬间变成了一只精美的瓷瓶，他似乎看见了它光洁的肌肤闪着诱惑的光。”
4. 从行文的前后照应看，划线段落有一个句子需要调整语序，请你把正确的表述写在横线上。
5. 作者告诉我们“人世间的种种苦难，如果你躲不过，那么就勇敢地面对它吧”，请你从自己的积累中写出一个相关的事例。

››› 原题名师解答

1. 苦难是人生的一部分，是无法回避的。面对人生的苦难，要勇敢地对待它。
2. 照应题目，并深化文章的主旨。
3. 运用比喻，生动形象地写出了生活的美好，从而展示博尔赫斯崇高的心灵世界。
4. 正如失明之后的博尔赫斯看见了满天星辰，正如经历着丧子之痛的母亲看见了彩虹。
5. 示例：桑兰在纽约市长岛举办的友好运动会上，不幸因脊髓严重挫伤而造成瘫痪，但是这个阳光女孩用她的努力和坚强，以“桑兰式微笑”征服了无数世人。命运的多舛没有让桑兰低头，她艰难而又坚毅地开辟了新的人生道路。

一粒飞翔的扣子

他是单亲家庭中的孩子，父亲在他很小的时候就出意外去世了，母亲为了他，一直没有再嫁人，许多年来，靠着四处打零工，含辛茹苦地将他养大。

参加中考那年，他背着母亲，偷偷地报了中专。以他的成绩，考上重点高中是没有问题的，然后就可以去圆他梦寐以求的大学梦了。但为了能够早日参加工作，减轻母亲身上的重担，他还是私自做了报考中专的决定。两个月后，通知书下来，他得偿所愿。

临开学的前一天，母亲领着他去商场，千挑百选地选中了一件在她看来又漂亮价钱又不算太贵的衣服。他是不大相中的，可是他似乎没有发表意见的权利，母亲问都不问他一下，就霸道地买了下来。她坚信她给儿子买的这件衣服是天底下最漂亮的衣服，能让她的宝贝儿子成为天底下最帅的孩子。殊不知，在她儿子的学校里，那件衣服却是最土气的，同学们翻白眼嘲笑他“土包子”，他便动了要换一套行头的念想，可他心里也清楚得很，为了供他上学，母亲已经累得恨不得佝偻成一个句号。可是少年的虚荣心还是占据了上风，最后，他咬咬牙，写了一封信：

“妈妈，新学校的环境很好，你别担心。我每天吃得好，睡得好，学习也刻苦。老师们都夸我学习用功呢。”

为了使他的信更具有真实性，他还故意编造了一个小事件，他说他在跑赛的时候不小心摔倒了，把上衣的一粒纽扣弄掉了，衣服也破了个很大的洞，“这件衣服看来是无法修补的了，妈妈，请您给儿寄来200块钱，我自己去买一件衣服。其他都好，勿念！”

没几天的工夫，汇款就到了，随着汇款一起到的，还有一封信。

“吾儿，身体没摔坏吧，有没有让校医好好检查一下？妈不在你身边，你要懂得照顾自己。钱已汇去，你自己去买衣服吧，另外，那件摔破的衣服不要扔掉，你可以把扣子缝上，坏的地方也可以在里面缝补一下，那样你就可以两件衣服换着穿了。好了，不说了，无论何时，都要以学业为主，不要为旁事分心，不要惦记妈，家里一切都好。”

他想，母亲真是个老古董，这么容易上当受骗呢！

他把信折好，准备放回信封里。可是当他拿起信封的时候，却从里面掉出来一粒扣子。他愣住了，心中有种说不出的滋味。其实，那样的扣子随处可见，可是母亲却千里迢迢为他寄来，因为母亲坚信，只有她的扣子才配得上她儿子的衣服。对她的儿子没有一丝一毫的怀疑。

再往外倒，竟然还有一根穿好了线的针。慈母手中线，游子身上衣。在这一刻，他感觉到这句古诗写得是多么贴切！

那个信封竟然像有待开发的宝藏一样，层出不穷地变幻出惊讶和感动！

那粒扣子是灰色的，暗淡无光，可是却刺得他眼睛生疼。他轻轻地捧起那枚扣子，仿佛捧起了母亲的心。

扣子在他的掌心，有节奏地跳动着。

他将它缝到了衣服的里层，和他的心紧紧贴着。他时时刻刻能够感受到那粒扣子带给他的温暖。

他终是没有花掉那200元钱，而是偷偷地攒起来。他要留着它给母亲买一件漂亮的衣服，因为只有母亲，才配去穿天底下最美丽的衣裳。

一粒飞翔的扣子，飞越千山万水，只为了给他，一个温暖的不容半点缺憾的怀抱。

››› 本文入选试卷现代文阅读真题

1. 用简洁的语言概括文章叙述了一件什么事。
2. 第二自然段划横线的句子有什么作用?
3. 分析下面句子的表达效果。

   为了供他上学，母亲已经累得恨不得佝偻成一个句号。
4. 谈谈你对“那粒扣子是灰色的，暗淡无光，可是却刺得他眼睛生疼”这句话的理解。
5. 文中的母亲是一个怎样的形象?

››› 原题名师解答

1. 他为了满足虚荣心，骗母亲给自己寄钱来买衣服。母亲寄钱的同时，还寄来一粒扣子。他感受到了母爱的温暖，最终没有给自己买衣服。意思对即可。
2. 表明了他是一个体谅母亲艰辛的孩子，为下文的故事情节发展埋下了伏笔。
3. 运用比喻的修辞，生动地刻画了生活重压下的母亲的形态。
4. 母亲寄来的这颗扣子，让他的内心受到震撼，他对自己的做法感到愧疚、自责。
5. 母亲是一个含辛茹苦，深爱儿子而甘于奉献的形象。

养一朵听话的云

在我刚刚辞职回家，还没有找到新的工作的那些日子，天总是阴沉沉的。正如我困顿时期的心情，疲惫、灰暗，甚至有些绝望。

我总是躲进书房里，去那些平日里被我束之高阁的书籍里引经据典，试图为自己的心开启一扇窗口。

A女儿常常来敲门，学着小品演员的腔调，调皮地用“多国语言”喊我吃饭：发得儿，饭已OK，快来米西。

妻子和女儿，是我那黯淡时光中的最后一缕阳光。想起女儿，我不禁又酸楚起来，我已经很久没有给孩子礼物了，不仅因为囊中羞涩，更重要的是，作为一个男人，一个父亲，我的事业遭到灭顶之灾，我所有的篮子都已空空如也。

周末的时候，全家人蜷缩在家里，一起等阳光的出现。我照例躲进书房里，用颓废的窗帘把自己囚禁起来。

因为又不能去公园玩了，女儿噘着小嘴，不停地埋怨着：

“该死的云彩，把太阳都给遮住了，什么时候才能晴天啊？”

妻子不想“火上浇油”，就耐心地劝着不开心的女儿：

“这不是云彩的错，其实云彩很乖的，它能带来雨，有了雨庄稼才能生长，农民伯伯就有了好收成，我们才有粮食吃啊。”

“是吗？云彩那么好啊！”小家伙有些疑惑地问道。

“是啊，”妻子说，“它还能美化我们的世界，使空气更干净，你看它在天空上是不是像一块大手帕……”

女儿果真趴到窗子上，认真“研究”起云彩来。

妻子说：“云朵还会变呢！你想什么它就会变成什么。”

女儿忽然间来了兴致，她风风火火地在书桌上摆满了画纸和画笔，妻子问她要做什么，她说：

“我要画一朵云彩，把它养起来，像我养的那只猫一样听话，我让它什么时候来，就什么时候来，那样我想什么时候去公园就什么时候去，农民伯伯也会年年都有好收成啦……”

养一朵云，多美好的想象啊！我在这个美好的想象里看到了女儿纯净的心灵，看到一颗善良的种子，在那里悄悄发芽。

接着，我听到了她们让我感动的对话：

“为什么要养一朵云？”

“因为，它可以随时变成我想要的东西。”

“那你现在想要什么呢？”

“现在我要它把阳光变出来，我要带爸爸去公园玩，我还要它变成很多很多的礼物，我要送给爸爸，让爸爸开心。”

一朵云，从怀念的心上，思念的眼底慢慢飘散，就这样一点一点在尘世积攒纯洁的诗篇，慢慢铺下一张幸福的白色床单。

一朵云，带给我对人生的洗涤和过滤，让我在纯净中守住了自己的心灵。让我蓦然感到，我生命里的阳光并没有消失，只是在云彩里打着盹。

我豁然开朗起来，是孩子为我指了路，为我开启了那扇窗子。B每个人的生命中都会有被云朵遮住阳光的时刻，关键是你要懂得如何驾驭这些遮住阳光的云朵，它们既是阻止你前行的障碍，也是人生路上难得的风景。我收拾好遍布阴霾的心灵，重新制作了我的简历，准备在明天早上太阳升起的时候去一家新的公司应聘。

女儿的童心深深感染了我，那个夜里，我对着电脑屏幕上的一张白纸，许下了和女儿一样的心愿：

在春天养一朵云，为自己的心灵铺一张舒适的床；

在夏天养一朵云，为干旱的河床积攒玉露琼浆；

在秋天养一朵云，为背井离乡的游子擦拭眼泪；

在冬天养一朵云，为我爱的人絮一件暖暖的棉袄……

本文入选试卷现代文阅读真题

1. 说说下列三句话中加点词语“阳光”的不同含义。

（1）妻子和女儿，是我那黯淡时光中的最后一缕阳光。

（2）全家人蜷缩在家里，一起等阳光的出现。

（3）让我蓦然感到，我生命里的阳光并没有消失。

2. “我刚刚辞职回家，还没有找到新的工作的那些日子”中的“我”是如何给当时的处境定位的？这可以看出作者当时怎样的思想感情？

3. 从女儿画云彩的行动及其想法来看，女儿是一个怎样的小孩子？

4. 文章A、B两处划线语句写得很精彩，请作简要赏析。

（1）女儿常常来敲门，学着小品演员的腔调，调皮地用“多国语言”喊我吃饭：发得儿，饭已OK，快来米西。

（2）每个人的生命中都会有被云朵遮住阳光的时刻，关键是你要懂得如何驾驭这些遮住阳光的云朵。

5. 如果是要你现在许下一个心愿，你会许下一个什么心愿？说说你此刻许下这个心愿的理由。

原题名师解答

1. （1）给我带来的快乐与安慰。

（2）阳光的本义，即太阳发出的光。

（3）积极乐观坚强的情绪。

2. 遭到灭顶之灾，颓废，疲惫、灰暗，甚至有些绝望。

3. 纯洁无瑕、善良无私、天真可爱。（回答对其中两个方面即可满分）

4. （1）这个句子非常幽默诙谐，把小孩子的天真活泼可爱绘声绘色地描绘出来了。如用汉语来代替英语的读音的“发得儿”，又有的汉语英语中西合璧而成的“饭已OK”，还有汉语与日语杂交而成的“快来米西”，这些语言给沮丧的我带来了些许的快乐。（紧扣幽默诙谐即可得满分）

（2）作者将“云朵”“阳光”比喻成生命中的不健康情绪与健康情绪，生动形象告诉我们要调控好自己的情绪。（紧扣比喻、生动形象即可得满分）

5. 略。

穷人的补丁

在我的印象中，舅舅似乎从没有穿过一件不带补丁的衣服，这就像是他的人生，被贫穷撕扯得漏洞百出，他一生要做的只有一件事，不停地出苦力，以缝补他支离破碎的人生。

舅舅曾经讨过饭，这是很多人都知道的。所以，见人自然就矮了三分，他的头总是低着。因为他讨过饭，我们尽量很少和他来往，总嫌他丢了我们的脸。但他毕竟是母亲唯一的弟弟，母亲暗地里还是要帮衬他的，但舅舅家里就像是个无底洞，总也无法填满。

那时候，每次舅舅来，我和姐姐都会感到很厌恶，因为他一来，就会从我家里进行一番“抢掠”，甚至包括我和姐姐还没用完的作业本，还没打算丢掉的衣服，都难以逃脱他带来的那只欲壑难填的大口袋。

舅舅常常有意和我套近乎，让我放暑假的时候去他家玩，还说要给我煮鹅蛋吃，我嘴里应和着，心里却怕极了那个地方，因为八岁的时候我去过一次，被他们家土炕上的跳蚤和满屋乱飞的蚊子叮咬得浑身是包。

舅舅没别的嗜好，就是喜欢喝点酒，累了一天之后，喝口酒能解解乏。每次孩子给他打回酒来，他都要往里面兑些凉水，那样的酒难喝极了，他却喝得津津有味，也只有那个时候，才是他最惬意的时候，仿佛灰暗的人生里透过的一丝霞光。

上高中的时候，我和同学玩牌机，输红了眼，直到把一百元学费输个精光。那时候，一百元不是个小数目，我害怕极了，开学好几天，老师催了好几遍，我却迟迟拿不出钱来交学费。我不敢和父母说，那样会被父亲打死的。我想到了借钱，可是同学们都不肯借给我，最后，我想到了这个令我厌恶的舅舅，明知道他穷得叮当响，可是没有办法，我还是决定去碰碰运气。

舅舅为难地直挠头，“唉，总不能为这个把学习耽搁了。”舅舅让我先回去念书，他来想办法。看着舅舅在屋子里走来走去，我知道肯定没戏了，这只不过是他的托词而已。没想到第二天，舅舅竟然真的来学校给我送来了一百元钱。“这件事我不会和你父母说，但你要记住，以后一定不要再玩那个东西了，一定要好好学习啊。”我狠命地点头，第一次感觉到了舅舅的可敬可爱。

后来我才知道，那次，舅舅卖掉了家里唯一的一头猪。

舅舅没日没夜地拼命挣钱，养家糊口，就在家境刚刚有些好转的时候，舅母又病了，瘫痪在床。不知道为什么，他的生活仿佛被命运撕开一个大口子，苦难一个接着一个，老天爷似乎有意和他过不去的样子。但舅舅并没有被苦难压垮，而是咬紧牙关，一次次地为了这个家在透支他的身体。

舅舅一辈子都没能摆脱贫穷，舅舅一辈子都在穿带补丁的衣服。

有一次他来我们家，正赶上我的孩子出生，他当舅姥爷的，总要表示一下的。可他兜里总共就五块钱，他挠着头，不好意思地非把五块钱塞到孩子的肚兜里。晚上天快黑的时候，他骑着车子又赶了回来，他不知从哪里又淘弄到十块钱，硬是塞给了我们。留他吃饭，他不肯。他说要趁天没黑赶回去，家里一大堆鸡鸭鹅等着他喂呢。

也是后来才知道的，那十块钱，是他辗转腾挪了一天，从几个人手里一元两元东拼西凑借来的，因为他穷，别人都不肯借给他太多的钱。然后，他又将这琐碎的零钱到储蓄所换成了一张崭新的十元钱，他说这样吉利。

舅舅六十多岁的人了，还在工地上当力工。因为他没有劳保，唯一的两晌地也都给了孩子，他还得生活，还得伺候瘫痪在床的舅母。终于有一天，他在脚手架上跌下来，从此一病不起。那是他这辈子唯一停下来不去劳作的日子，也是他生命的终点。

舅舅撒手人寰的时候，也没能穿上一件新衣服。在他病重的日子里，我去看望他，给他捎去一件新衣服，可他不穿，他开玩笑说，带补丁的衣服穿着暖和，厚实。

如今，舅舅在地下，依旧穿着带补丁的衣服吧。我不知道，那些补丁，能否真的给他带来温暖。

本文入选试卷现代文阅读真题

1. 请根据文章内容梳理我对舅舅的情感变化过程，补全填空下列表格。

舅舅的行为或命运	我对舅舅的感情
舅舅很穷，经常来我家要这要那	（1）
（2）	感觉到了舅舅的可敬可爱
舅舅所面临的苦难一个接着一个	（3）
舅舅离开人世	（4）

2. 舅舅为什么一直没有摆脱贫穷的命运呢？根据你对文章的理解，请简明扼要的说说其中的原因。
3. 本文运用了什么写作手法？文中划线句子采用的是什么描写方法？
4. 选择恰当的角度，品味下列句子。

（1）舅舅家里就像是个无底洞，总也无法填满。

（2）舅舅一辈子都没能摆脱贫穷，舅舅一辈子都在穿带补丁的衣服。

5. 贫穷，是一个沉重的话题，有媒体报道：截至目前，全球生活在每人每天消费1.25美元以下的贫困人口减少到13亿。如何让这些人尽快摆脱贫困，是全世界有道义有责任的人们共同的责任。请你也来为这13亿人口出贫困出谋划策。

原题名师解答

1. （1）嫌弃厌恶（2）舅舅给我救急的100块钱学费，舅舅给我孩子见面礼。（3）同情（4）怀念

2. （1）没文化又缺乏创新的智慧，只能干普通的繁重体力活。（2）舅母瘫痪在床，给舅舅的家境雪上加霜。（3）社会保障制度不够完善。

3. 先抑后扬　动作、语言

4. 示例：（1）运用比喻的修辞，把舅舅家比作一个无底洞，生动形象地表达了舅舅家境十分的贫穷，需要接济的东西实在是太多太多。（2）运用反复的修辞，连用两个“一辈子都”，更突出的强调了舅舅的贫困。

5. 示例：（1）各国政府要通过教育提高人的知识素养，改变人们的观念。（2）各国政府对贫困人群予以政策上的扶持与帮助。（3）我们尽可能地做一些力所能及的慈善，关心贫困人口，帮助他们走出贫困。（4）国际社会加强脱贫致富的合作互助。

生活是用来咀嚼的

那个早晨，我被表妹的哭啼搅扰得异常烦躁。表妹是一个被娇宠惯了的孩子。用老人的话讲，从小到大都被蜜罐泡着。后来，她结婚了，因为条件好，什么都不用发愁，日子过得安逸。但问题马上出来了，她的丈夫在婚后第八十三天背叛了她，在外面有了新宠。她歇斯底里，从没有受过半点委屈的她，忍受不了这样的现实，又哭又闹，但终究无济于事。最后，他们离婚了。

从幸福的天堂一下子跌落到地狱，表妹差点崩溃。母亲去安慰她的时候，还是那句老话，少吃点糖，多吃点盐，这对人没什么坏处。人活一生，就得吃点苦，不然你的心就坚强不起来。现在想想，母亲的话很有道理，一个人的生命中不仅仅需要糖，更需要的是盐。盐可以为你的生命补充钙质，而糖，只会慢慢蚀掉你用来咀嚼生活的牙齿。

父亲年纪大了，嘴里的牙齿所剩无几，他在镶完满口牙的时候说："有牙齿的时候不知道没牙齿的苦，你们不知道，这没有'咬头'的东西真是没味。"

父亲喜欢吃硬一些的东西，比如苹果和萝卜之类的，蒸出的米饭父亲最喜欢吃八成熟的，吃骨头也是专挑脆骨啃，看父亲吃饭时总是很香，这对于味觉口渐萎靡的我们来说是一种刺激。父亲常常自豪地对我们说，知道我吃饭为什么这么香吗？因为我吃过苦。我比你们幸福。

怎么吃过苦还幸福？我有些不解。

“我认识一个瞎了眼睛的人，”父亲是退休教师，显然是要对我来一番言传身教的，“你可能不相信，他是个诗人……”

我确实很惊讶，一个失去了双眼的人，看不见任何美景，要怎样“触景生情”呢？

“恰恰相反，”父亲说，“他双眼明亮的时候，写出的是那种无病呻吟的东西，失去双眼之后，他写出的诗反而美极了！他说在他的世界一下子黑暗了的时候，他首先想到的是光明的珍贵。他要把春天永远藏在心里，他每天不停地咀嚼，每天都能咀嚼出新的味道来。他说他还要感谢这一次磨难，让他懂得了真正意义上的春天。”

生命就是这样，不可能只是锦绣铺就的。只有苦难铺出的路才会坚实而坦荡。老的时候，会觉得没有经历过痛苦的生命犹如没有酿好的酒。用父亲的话说，那些安逸的日子便是没有“咬头”的生活。

“吃必要的苦，耐必要的劳，那样才是人生。”这是父亲常常在我们耳边念叨的话。

莫要怪怨命运抛给你的苦难吧，它们正在往你的躯体里注射钙针，正在往你的灵魂里播撒《圣经》。“对于麦子来说，风刀霜剑甚至蝗虫侵蚀都是必要的，因为它们可以唤醒麦子内在的灵魂”（张晓风语）；对于艺术来说，坎坷和荆棘都是必要的，因为它们可以点亮艺术的心。

无情的光阴终将使我们失去最后一颗牙齿，但我们一定要拥有一颗能够咀嚼生活的心。人总要留下一些值得回味的东西，慢慢咀嚼，在老的时候，它们就是一壶茶水里慢慢升腾起来的鱼一样鲜活的茶叶，就是炉膛里一根根劈啪作响的奋不顾身的柴火，让那已经脱落了牙齿的老人和已经看不到春天的盲诗人在闷热的午后和寒冷的冬天依然无比快乐着。

生活是需要咀嚼的，只有咀嚼过的生活才会呈现出酸甜苦辣。而“幸福安逸的生活会使一个人失去最后几颗牙齿，再也无法咬住和咀嚼生活”。

››› 本文入选试卷现代文阅读真题

1. 为什么生活需要咀嚼的？
2. 为了表现“生活需要咀嚼”这一主题，文中列举了那几件事情？请简要概括。
3. 父亲为什么认为“我比你们幸福”？用自己的话回答。
4. 品味下列句子的深刻含义。

   盐可以为你的生命补充钙质，而糖，只会慢慢蚀掉你用来咀嚼生活的牙齿。
5. 阅读下列材料，结合本文说说诺维茨基为什么能夺得2010—2011年NBA总决赛冠军？

   2011年6月13日，诺维茨基率领达拉斯小牛队夺得2010—2011年NBA总决赛冠军，而在夺冠之前，诺维茨基的职业生涯并不平坦。2005年诺维茨基率领小牛闯进西部半决赛，但不敌纳什率领的太阳只能等待下个赛季；2006年，小牛一举杀入总决赛，但在总比分2∶0领先的情况下被热火翻盘；在接下来的4个赛季，小牛有3年在首轮被淘汰出局。球场失意，情场也跟着失意。2009年5月，与诺维茨基相恋多年的女友泰勒被警方逮捕，原因是涉嫌违反缓刑规定和涉嫌参与盗窃案。在随后的调查中，法官发现泰勒是一名惯犯，曾因伪造身份证件以及盗窃被逮捕，还利用假名进行空头支票敲诈，进行婚姻诈骗。

››› 原题名师解答

1. 因为要留下一些值得回味的东西，慢慢咀嚼，而且只有咀嚼过的生活才会呈现出酸甜苦辣。
2. （1）表妹没有经受过生活的磨炼，不善于处理婚姻危机，最终离婚了。（2）父亲喜欢吃硬一些的东西，这样更有“咬头”。（3）诗人双眼明亮的时候，写的诗无病呻吟，失去双眼之后，他写出的诗反而美极了。

3. 因为父亲吃过苦，这些生活是父亲宝贵的人生财富，在这些艰苦的人生中，父亲领悟到了许许多多的人生哲理。

4. 人生的挫折与磨难，能够为你的人生增添更多的色彩，能够丰富你的人生，让你更坚强，而安逸的生活，却会腐蚀人的心灵，让人变得越来越脆弱。

5. （1）诺维茨基自身的素质及他所在的团队团结协作，共同战斗；（2）他的人生经历过太多的失败或失意，让他足够的坚强，让他更懂得珍惜。

向善良的心行礼

杭州市萧山区义蓬学区2013-2014学年第二学期八年级语文试卷

①一天早晨，坐在的士里，司机一边开车一边收听着本地的新闻频道。当时本地发生了一起煤矿透水事故，一共十二个矿工被困井下，通过抢救，已经成功救出八人，还有四人生死未卜。

②忽然，收音机里的音乐骤然停止，紧急播出了一条新闻：被困井下七天七夜的矿工已成功救出，正在送往医院的路上。我听见司机兴奋地自言自语：太棒了，太棒了。看他如此兴奋的样子，我问他，那四个人中是否有他的亲戚。“没有，”他说，“我就是为那几个顽强的生命感到震撼。”

③那天，我们谈了很多，在关于矿工赔偿金的问题上，我们的看法是一致的。我们都认为不应该仅仅是给死去的人赔偿金，更应该给在井下坚强地活下来的人一笔奖金。因为如果能形成这样一个条文，被困井下的矿工就会更多一些活下去的动力。“但愿有一天，有人大代表可以把我们的想法作为一个提案提交上去。”他说。

④经过医院的时候，他问我能否等他一小会儿，他说他要看着那几个生命被抬进医院，然后对他们鸣几声喇叭。“我只能用我自己的方式表达一下我的敬意，就算是向他们行礼了吧。”

⑤我欣然应允，不停地点着头，看似在默认他的行为，其实这也是我在向他那颗善良的心行礼。

⑥高考的日子，我照例天还不亮就起床，照例打开音响，让音乐引领我快乐的一天。可是妻子悄悄将它关掉了。妻子说："隔壁的孩子今天高考，让她再稍微睡一会儿……"

⑦我给了妻子一个轻轻的吻，这是我在向她善良细腻的心行礼。

⑧当天，在公共汽车上，我遇到一个参加高考的孩子，看样子是个窘迫人家的孩子，穿着很朴素，或许由于没怎么出过门，她有些紧张。别的孩子高考，有一大帮亲人陪着，而她只有一个人。

⑨她怯怯地问司机，"在哪里下车离五中最近？"

⑩"你是去参加高考的吧？"司机问道。

⑪她点了点头。

⑫"今天破例一次，送你到五中门口吧。"司机爽朗地说道："祝你考个好成绩！"

⑬我看到她感激地向那个司机鞠躬行礼，满世界的阳光似乎都汇聚到了她的脸上，只因为一个陌生人的一句祝福。

⑭在报纸上看到了关于崔永元的一件让人感动的事。他宴请北京7·21暴雨中救人的一百五十多名农民工吃饭，给他们敬酒，向他们鞠躬，对他们表示敬意，质朴中透着一份大爱和尊重。

⑮我的一个朋友，她把不能穿的衣服洗干净了，叠整齐用袋子装起来再放在垃圾桶旁边。她说如果有人需要它的话，还可以再穿，如果直接扔垃圾堆里，那它真的是垃圾了。她说话时是那么漫不经心，却深深地触动了我的心灵，我用崇敬的眼神在向她善良的心行礼。

⑯周立波说，你的一次微笑，一次宽容，都是在做一次公益慈善。那么，为那些朴实的、善良的心行一次礼，投去一抹赞赏的眼神，一个鼓励的手势，是不是也是一种善良呢？

⑰善良是火种，只有不停止地传递，才能照亮世界的每一个角落。

本文入选试卷现代文阅读真题

1. 请用简洁的语言概括文中五位平凡人的善举。
2. 结合语境，品析下面加点词和划线句子的表达效果。

   ①高考的日子，我照例天还不亮就起床，照例打开音响，让音乐引领我快乐的一天。

   ②被困井下七天七夜的矿工已成功救出，正在送往医院的路上。我听见司机兴奋地自言自语：太棒了，太棒了。
3. 作者在第三段中写“赔偿金”这些内容是否偏离了中心？请简述理由。
4. 读了全文，文中的凡人善举给你有哪些启示？

原题名师解答

1. 的士司机目送被救旷工抬进医院并鸣笛表示敬意；妻子为邻家高考孩子关音响；公交司机送高考孩子去考点；崔永元宴请救人农民工；朋友叠齐干净的旧衣放在垃圾桶旁。
2. （1）“照例”强调了“我”的生活习惯，与下面妻子的行为作对比，突出了妻子为照顾邻家考生不惜打破“我”的生活习惯，表现出妻子的善良。

   （2）运用了语言描写，描写出司机听到被困矿工成功得救时的激动和兴奋，从而表现出司机的善良。
3. 没有偏离中心。作者写关于“赔偿金”设置的建议，是想通过这种方式来告诉人们一旦受困，要有顽强的意志，要有活下去的信心，这样就能挽救更多的生命，从侧面来表现出他们心地的善良。
4. 告诉我们要真诚帮助他人，不计回报；要真心关爱他人，不讲条件；要常怀怜悯之心，常怀感激之情等等。

用善良取暖

①那个冬天很冷，世界仿佛被冻僵了。

②邻居是个租户，一个离婚男人，带着儿子一起过。男人没钱买煤，只好上后山去砍柴烧。因为柴火湿，冒了一屋子的烟满屋子只有炕头巴掌大的地方是热的，孩子就坐在那里，摆弄自己喜欢的玩具。

③我的母亲心软，总想找借口接济一下他们，可是男人却一直不肯接受，他觉得那是别人对他的施舍。转眼到了年根，别人家的孩子已经开始零星地放鞭炮了，他的孩子却只能眼巴巴地看着别人的幸福在夜空绽放。男人看出孩子的心思，买回来了一小串鞭炮孩子不舍得放，一个个拆下来，只在每天男人走和回来的时候各放一个，说给爸爸送行、接风。有些淘气的孩子经常过来嘲笑他，说他的炮像放屁，要个没个，要响没响。这个时候，我的母亲就会跑出来把那帮孩子撵跑，心疼地搂着他，顺手往他的口袋里塞进去几颗糖果。

④气温越来越低，终于到了一年中最冷的大寒。那天夜里，我们听到外面有轻微的响动父亲说，好像有人在偷我们家的煤，他就提着手电要出去查看。母亲把父亲拽了回来，说，让他烧点吧，一定是冷得受不了了，怪可怜的！

⑤第二天，母亲果然看到煤堆上少了几块煤而男人每次经过我家的时候，就有了些不自在。

⑥一连几个早上，煤堆上的煤都会少几块，而母亲却仿佛没有看见一般几

天后，母亲又要我们从东屋搬到西屋，还让父亲专门搭了一个炉子，好把西屋烧得更暖和一些。母亲解释说，这样我们与隔壁的这面墙就会是暖的，多少也会让那边少些寒气。

⑦大年三十那天，男人拎着几个鸡蛋和几条窄窄的带鱼回来了——那就是他所有的年货。

⑧晚上，父亲对男人说，过来一起吃年夜饭吧，陪老哥喝点酒！拗不过父母的一再相劝，男人答应了。过来的时候，手里还端着他做的那盘带鱼喝了些酒之后，男人就有了醉意，很不男人地流了眼泪，开始向我们忏悔他“偷煤”的行为父亲说：“____________________________________”

⑨一块煤到底有多高的热量，男人心里清清楚楚那些善良，不仅暖和了那个冬天，还暖和了一颗即将僵硬的心。

本文入选试卷现代文阅读真题

1. 文章不只一次写到冬天的寒冷及离婚男人的贫穷，这样写有什么用？
2. 第②段说“我的母亲心软”，体现在哪几件事上？请分别概括。
3. 请结合语境，充分发挥你的想象，在第⑧段的横线上把父亲的话补写出来
4. 从文中找出与划线句相照应的句子。
5. 学习本文，你感受最深的是什么？请谈谈自己的想法。

原题名师解答

1. 为下文写离婚男人偷煤及母亲对离婚男人的照顾作铺垫（提示：解答此题，可从以下两个角度入手：环境描写与情节发展存在什么样的必要联系；环境描写烘托了人物怎样的性格形象）

2. （1）母亲关照孩子送给他糖果。（2）离婚男人偷煤母亲阻止父亲去查看。（3）母亲让父亲搭炉子把西屋烧暖和。（提示：所谓“照应”，前后文中的句子能够相互补充，相互说明）

3. 示例：冬天总是要烧些煤的，你那个屋子墙皮薄，只有煤堆热量才能抵得住那些冷气。大人倒好说，总不能把孩子冻坏了。要烧煤就过来拿，这个冬天太冷，咱们一起挨，总会挨过去的。

4. 我的母亲心软，总想找借口接济一下他们，可是男人却一直不肯接受，他觉得那是别人对他的施舍。

5. 示例：做人要有一颗善良的心，用它去温暖别人，从而构建和谐的社会。

一头牛的生日

再过几天就是正月二十了。拴柱说，他要回家给父亲过生日。

“不就是给老头过生日吗？有什么大不了的，等你挣了钱，给他多买点好吃的不就有了。”工头不给假，说现在工地上正缺人手，不能耽搁工期。

拴柱就开始郁闷起来，他很长时间就开始惦记这个日子了，如果他回不去，会憋出毛病来。

“就一天还不行吗？”拴柱哀求着，“我回去给老爸下个跪就回来。”

工头却是个冷血的主，不管拴柱怎么软磨硬泡，他就是不开面。

“妈的。”栓柱私下里忿忿地骂道，“那逑蛋的心莫不是块铁疙瘩吗？”

也活该栓柱点儿好，没过两天，因为工程资金周转上的问题，工地上停工待料，工人们暂时放了假。拴柱和我比较要好，说我待着也是待着，非要拽着我跟他回趟老家。

我执意要去订做个蛋糕，栓柱不让，他说农村人不兴这个。一路上，栓柱为我讲了很多关于他父亲的事情。拴柱说，父亲是村里少数几个不算太老的老人，还残存着一把力气，还可以麻利地背起犁耙赶上牛，用满是锈斑的犁铧翻耕。这让不少村人羡慕不已。

在拴柱的描述中，我看到这样的场景：犁在父亲手中躺着，竹枝在牛背上响起，在抑扬顿挫的吆喝声之后，犁铧与温热的土地亲吻。几个回转后，犁铧就变得熠熠有光。那种时刻，父亲虽然累着，但却是快乐的。

说起父亲，栓柱滔滔不绝，而且像个诗人一样，话语中掺进了很多抒情的成分！

我听得入神，在栓柱的口中，他的父亲是那样栩栩如生，让我忽然有一种想迫切见到他的欲望呢！

进了村，栓柱并没有把我领回他的家，而是径自向旷野走去，他说那里正在举行一个盛大的仪式。

“不会吧，你父亲那么有名望，要全村人都给他庆贺生日？”我开玩笑说。

栓柱并不解释，说到地方你就知道了。

然后，我便看到了令我一生都为之震惊的场面：全村的人把牛都赶到了一起，把采集来的青草撒到它们面前。然后，所有的人毫无例外地，齐刷刷地跪了下去！

“这就是我‘父亲’的生日”。栓柱说，“父亲告诉我，不管多忙，都要想办法赶回来，给咱家的牛过生日。”

原来，这是他们村里一个很特别的习俗：把正月二十定为了牛的生日。老一辈的人固执地认为，世间的第一头牛，就是在这一天降生的。

这一天，人们不分男女老幼，纷纷拿起镰刀，去为牛割新鲜的草。冬天里根本没有地方可以割到青草，人们就去雪地里挖。有一些没来得及枯死的草被早早降临的雪覆盖，人们小心翼翼地将它们挖出来，轻轻放到篮子里，仿佛放进去一个愿望。

在雪的覆盖下，每一处淡淡的绿色，都会令人们欣喜若狂。

拴柱说，这一天，父亲不仅给牛吃最新鲜的草，而且还灌了半桶温热的米汤。他将母亲准备给他吃的鸡蛋也泡进米汤里，他一手握牛角，一手抚摸牛背，像爱抚自己的孩子一般。父亲会整整一宿守在牛栏里，躺在草堆上痴痴地望着牛一口一口地吃草。每隔半个时辰，父亲总要拿起竹扫帚清扫它身上的灰土，捋顺它身上的毛（A）……那种细微的爱，令人感动。

在那个时候，拥有一头牛就是一种荣耀，更是一种盼头。牛似乎也知道了这一天的含义，心安理得地享用着人们的精心爱护。

春天是播种的时节，牛是他们唯一的依靠。壮实的男人们都去城里打工了，家里只剩下妇女和老弱病残。春天是让他们最头疼的季节，他们没有力气，可在牛的后头扶犁铧却是需要力气的，你要把犁铧深深地往地下深入，让土地翻滚出浓浓的黑色和潮湿的气息。更头疼的是那些买不起牛的人家，只好等着借别人家的牛来耕地，所以总能在田地里看到那样的场面：一头牛艰难劳作着，借牛的人用最轻的力气小心鞭打着它的脊背。而田地边上，肯定有一个人望着那头牛，眼睛里写满了心疼，而又不能轻易流露出来。只好操着手、驼着背，在那里来来回回地踱步，背影沉重，仿佛在替牛分担苦累。（B）

这就是我们的牛和我们的父亲，他们如此相像，如同孪生的兄弟。

那一刻，与其说他们在为牛下跪，不如说是在为他们的庄稼祈祷。因为最艰苦的工作马上就要开始了。这种跪拜，是在向一种高贵的灵魂敬礼，它们沉默，没有声响，但却更深地叩击着我们的心。

见我呆愣在那里，拴柱拉了拉我的衣襟说，跪吧，就当是跪父亲了。

我双膝着地。我想我只能用这种方式，才能倾听到那些沉默的灵魂里的话语。拴柱说的对，此刻，我们所跪拜的牛，就是我们的父亲！

››› 本文入选试卷现代文阅读真题

1. 请用简要的语言概括文章的主要内容。
2. 文章开头写工头不给拴柱批假，这样写有何作用？
3. 为什么山民们像跪拜父亲一样跪拜一头牛？
4. 从文章划线的AB两处，任选一处句子赏析。
5. 从文章看，栓柱以及他的乡邻们具有怎样的品质？结合下列链接材料，再联系生活实际，谈谈你读完本文后的感想。

链接一：在马耳他，一只不幸的狗在被人朝头部射入40粒气枪子弹之后，被

绑住四肢活埋。然而，这只狗最后竟存活了下来。营救人员给这只狗取名叫“星辰”。（环球网2011-09-12）

链接二：中国香港食物及卫生局局长周一岳15日回复立法会议员提问时表示，过去5年，证实涉及残酷对待动物而有充分证据作出检控的案件有70宗。（中新社2011-06-15）

原题名师解答

1. 我陪着栓柱回乡给一头牛庆生。
2. 一是表现工头的冷血，连给父亲过生日都不批假，更不用说给牛过生日了，与写山民的淳朴形成强烈的对比，突出栓柱们的善良淳朴。二是使文章曲折多姿，引人入胜，能够激发读者的阅读兴趣。
3. 给牛庆生是山里特有的风俗；牛和我们的父亲如此相像，如同孪生的兄弟，它们沉默，没有声响，默默承载着最艰苦的工作，这深深地叩击着我们的心。所以像父亲一样跪拜牛，其实是在向一种高贵的灵魂敬礼。
4. 示例：A处，运用细节描写，描写父亲“一手握牛角，一手抚摸牛背”“整整一宿守”“痴痴地望”“每隔半个时辰……总”等细节，突出父亲对牛的爱护备至。B处运用神态描写，动作描写，“眼睛里写满了心疼”，神态描写生动形象地表现了父亲见到自己牛被打的心疼，但又怕借牛人看出后的尴尬而把这种情感深深地隐藏，只是“操着手、驼着背，在那里来来回回地踱步”，突出了父亲的善良、淳朴。
5. 栓柱以及他的乡邻们勤劳朴实、淳厚善良。第二问示例：这里的村民们对牛的体贴不亚于对人的体贴，如今虐待动物事件时有发生，这种朴质善良，目前显得是多么珍贵啊。我们要善待每一个生命，与动物和谐相处。

月亮是妈妈的枕头

①拗不过一个老师朋友的再三请求，我这个“知名作家”只好临时客串，给她的学生们上了一堂作文课。为了激发孩子的想象力，我做了三张卡片，上面分别写着：落叶、微风和弯月，我想让孩子们用尽可能多的词汇来比喻它们。卡片在孩子们手中快乐地传递着，仿佛在传递一个快乐的消息。他们浮想联翩，各种各样的比喻层出不穷，卡片上密密麻麻地写满了孩子们天真的想象。

②我拿着那充满童稚的卡片，一张张读下去，“落叶是秋天的信笺”“落叶是冬天的请柬”“微风是我在夏日午睡时，外婆手中轻轻摇动的扇子”“弯月是被嘴馋的天狗咬了一大口的月饼”，每每读到这些精彩的句子时，我都会让写下这个句子的那个孩子站起来，顺便夸赞他们几句，满足一下孩子们小小的虚荣心。孩子们活跃极了，对那些写出了精彩句子的同学给予长时间的掌声。这堂作文课既生动又活泼，比我预想中的效果要好。在旁边听课的朋友也偷偷为我竖起拇指，对这堂作文课很满意。读到最后，我的眼睛一亮，被一个更为新颖的比喻吸引了：A________。虽然新颖，但我认为这个比喻句不大贴切，为什么单单是妈妈呢？我这样问的时候，那个叫陈露的小女孩站起来，涨红了脸说，“妈妈累的时候可以枕着它好好睡上一觉。”我说，“不如改作‘弯月是上帝的枕头’，因为上帝在天上，离那个枕头更近些，呵呵。”我和她开着玩笑。她没表示赞同也没表示反对，依旧涨红着脸，好像是要为自己辩解，却欲言又

止。我便借题发挥，让同学们来评断这两个句子，哪一个比喻得更贴切一些。同学们立时乱作一团，叽叽喳喳地开始评判，或许是孩子们慑于老师的权威，最后一致认定“上帝的枕头”更为贴切。

③B________。这是我听到陈露声若蚊蝇的唯一的一句辩驳，在孩子们的喧嚣里，显得有些纤弱无力。

下课后，朋友对我说：“陈露的那个比喻句是有根据的，因为她的妈妈就在天上。从她一出生下来，她的妈妈就去世了。”我无比惊讶，“那你为什么不早点提醒我？”我埋怨着朋友。

④“可是陈露不想让同学们知道她是一个没有妈妈的孩子。”朋友说，“上学第一天她就偷偷和我拉钩，让我为她保守秘密。现在，还整天和同学们炫耀自己的妈妈是世界上最漂亮的妈妈呢。”

⑤我懊悔不已。我犯了一个多么大的错误啊！“弯弯的月亮是妈妈的枕头”，回头重新想想，这个比喻句是多么贴切！妈妈在天堂里，不是正好可以枕着那轮弯月吗？那枕头是妈妈的。我的耳边一直回荡着她为自己辩驳的话。这里面裹着一颗多么执着地爱着妈妈的心啊。我仿佛看见，她正捧着妈妈的照片，委屈地掉着眼泪。她想给妈妈一个温暖的枕头，却被我无情地夺走了。我给孩子那颗固执又柔软的心，泼了冷水，造成了怎样的伤害。

⑥“明天让我再给孩子们上一节作文课吧。”这一次，变成了我对朋友的请求，“我要给孩子们好好讲讲月亮，这个枕头本就该是妈妈的，上帝，请先靠边站。”

››› 本文入选试卷现代文阅读真题

1. 结合语境，将下边两个句子恰当地填入②③两段划线的A、B处（只填序号）。

⑴那枕头是妈妈的　⑵弯月是妈妈的枕头

2. 联系全文内容，说说“月亮是妈妈的枕头”这个比喻饱含着小女孩陈露怎样的感情？

3. 作者在第②段中说：“虽然新颖，但我认为这个比喻句不大贴切．”可在第⑥段中却说：“这个比喻句是多么贴切！”作者这样说是不是前后矛盾？为什么？

4. 文章最后一段，“我”为什么要请求“再给孩子们上一节作文课”？

5. 仿造第②段划波浪线的句子，从“落叶”“微风”“弯月”中任选一个词语，再写一句话。

6. 面对“落叶”“微风”和“弯月”，孩子们表达出了不同的看法。正如诗人刘禹锡面对秋天，表达出自己与众不同的感受。请你写出刘禹锡的这两句诗。

››› 原题名师解答

1. A.（2）　B.（1）

2. 这个比喻饱含着小女孩陈露执着地爱妈妈、思念妈妈的感情。

3. 不矛盾。“我”刚开始读到这个句子的时候，因为不了解小女孩家的情况，所以认为“不大贴切”。后来得知具体情况，被小女孩“一颗执着地爱着妈妈的心”所感动，所以认为是“多么贴切”。

4. 我为自己无意间对小女孩造成的伤害感到“懊悔”、愧疚，希望能给孩子们好好讲讲月亮，找到机会弥补这个失误，安抚小女孩那颗爱妈妈的心。意近即可。

5. 没有唯一答案，只要比喻生动贴切，语言精练流畅即可得分。

6. 自古逢秋悲寂寥，我言秋日胜春朝。

留个响儿给这个美丽的世界

安徽省2011年中考语文模拟试题

①经过步行街的时候，我总能看见一些人缩在角落里乞讨。有残疾的，也有健全的假装残疾的，有年老的，也有十六七岁学生装扮的，A跪着，把尊严蜷成卷儿，丢落到空荡荡的地上。在他们前面的地上写着粉笔字：太饿了，请求五元钱买吃的。或者是：钱包丢了，请求六元钱坐车回家。行色匆忙的人们几乎不会在他们面前停留，偶尔会有人扔下五角或者一元钱。

②在这个城市里像这样的行乞者太多了，城市里的人们习以为常，麻木不仁。我也是。又或许是人们分不清楚他们是真正的可怜人，还是刻意的行骗者，但是，当我看到那个吹口琴的老人时，我还是决定给他五元钱。因为他的琴声打动了我。

③更确切地说，是他专注的神情打动了我。因为他的琴声并不见得有多么好听，他的技艺也非常一般。但他那样忘我，把自己完完全全交给了那些零乱的音乐，在自己制造的粗糙的音乐氛围里一厢情愿地陶醉着。

④那一阵阵杂乱无章的口琴声，在那个夏日午后轻飘飘地荡漾在空中。老人大约七十多岁，坐在一张小凳上，用一双枯瘦的手宝贝似的捧着他的口琴。B老人很瘦，衣着很旧却整齐，一双灰暗的眼睛完全沉浸在他的琴声中，似乎追忆着某些逝去的让人心酸的旧日时光……他的眼神让人心酸让人怜悯，也让我无法无动于衷。我想他可能是一位孤寡老人又或许是要抚养年幼的孙子和重病

的老伴，才不得不坐在这里以吹口琴的方式来博得路人施舍吧。

⑤但是我错了，当我把五元钱放到他面前时，他笑了："孩子，你误会了，我不是在乞讨。"他说，"我只是觉得太闷，想在这儿留个响儿。"

⑥我有些手足无措，不知道是否伤害了他的自尊。

⑦一曲终了，我道了一声好。攀谈中，知道了他是一位孤独的老人，老伴去世了，孩子们忙得昏天黑地，没时间照顾他，就把他送到了养老院。他嫌养老院里太闷，就到广场上来溜达，有时候在这里一坐就是一天，他说在这里，看着人来人往的，心情就跟着好了起来。

⑧老人喜欢口琴，年轻的时候就是用这琴声打动了一位美丽的姑娘，成就了一段美满的婚姻。从那以后，口琴就没有离开过他，累了或者闷了的时候，他都会吹上一段，或快乐或忧伤的旋律，是他和这个世界打招呼的方式，他用他的口琴，为世界留下了一点响儿。

⑨在世上留个响儿，这是卑微的人，给自己设置的最完美的签名。

⑩从此我们成了"忘年交"，我喜欢在他那里探究我的未来，他喜欢在我这里寻找他过去的影子。

⑪在他那里，我感受到一种活着的力量。活着一天，就要在这个世界留下一点声响。哪怕是你在厨房敲打着锅碗瓢盆，哪怕是你哼唱着走了调儿的歌儿，哪怕是你演讲着没有掌声的人生经历……每一天，鸟总是很准时地在凌晨三点开始啼叫，那欢快的啼声是我的闹铃，提醒我，不要错过那些大好春光。每一秒钟我们都在无可挽回地老去，然后看着一段段的岁月变成了可待成追忆的当时。不想，像那些追名逐利的人一样，让生命背负太多期望和太高的高度，只想，像一只力量有限的蜂鸟，以自己小小的技艺，悬停在一只花蕊身旁。那嗡嗡的扇动翅膀的微音，是它献给世界的最轻的音乐，最精致的响儿。

本文入选试卷现代文阅读真题

1. 请简要概括这篇文章的主要事件。
2. 阅读②③段，说说城市里的人们为什么会“习以为常，麻木不仁”，作者又因为什么被老人琴声所打动。
3. 仔细阅读文章，分别就A、B两个划线句中写一点赏析性文字。
4. “他说在这里，看着人来人往的，心情就跟着好了起来”，但作者还是认为“他是一位孤独的老人”，阅读④-⑧段，说说老人的孤独具体表现在哪些地方？
5. 阅读最后一段，结合自身，仿划线部分，写两个句子。

原题名师解答

1. 示例：一个孤独的老人在城市的一角以吹口琴的方式给这个世界留个响，我先是误以为他是乞者，后来我们成为朋友。
2. 示例：“习以为常，麻木不仁”的原因是“人们分不清楚他们是真正的可怜人，还是刻意的行骗者”；作者被老人琴声所打动的原因是他专注的神情“让人心酸让人怜悯，也让我无法无动于衷”。
3. 示例：A句运用比喻，生动的写出了乞者对个人的尊严的遗弃，表达了作者的同情与叹息。B句运用神态描写，细腻的写出了老人的孤独与忧伤，表现了作者的辛酸怜悯。
4. 示例：孤独具体表现：老人的眼神是灰暗的，神情是忧伤而孤独的；老人说，“我只是觉得太闷，想在这儿留个响儿”；老伴去世，孩子们没时间照顾他，他被送到了养老院。
5. 示例：跟“响”有关系的两个生活小景即可。略。

第四辑

陌生的康乃馨

给痛苦一个流淌的出口

2007年天津市语文高考模拟试卷

但丁在《神曲·第十三歌》中写道："哈比鸟以它的树叶为食料，给它痛苦，又给痛苦以一个出口……"受啄是痛苦的，却给了原有的痛苦一个流淌的出口——以皮肉之苦来释放内心的痛苦，痛苦之深可见一斑。

在危地马拉，有一种叫落沙婆的小鸟，要叫七天七夜才下一只蛋。由于鸟类没有接生婆，所以难产的落沙婆只有彻夜不停地、痛苦地啼叫，恰恰是因为这痛苦的七天，使蛋壳变得坚硬，小落沙婆孵出来之后也更硬朗。这是一个母亲用七天痛苦所换来的。而那彻夜不停地哀啼，是落沙婆释放肉身的痛苦的方式。

与这种叫落沙婆的小鸟相比，现在的妈妈们要幸福得多了。人类有接生婆，可以剖腹产，可以不经剧痛就听到孩子落地时的哭声。然而这没有痛苦的分娩难免会留下一些遗憾，它远没有那种在经历了撕心裂肺般痛苦之后听到的孩子的哭声更动人，远没有那个时候更能感觉到做母亲的骄傲，那个时候的眼泪是真正的"痛并快乐着"的眼泪。

有一位音乐老师，在一所不甚知名的学校里，教小学生最基本的乐理知识，领着孩子们唱天真的童谣。在一间间教室里，他背着一架用了许多年的手风琴，像一只蜜蜂一样欢快地飞着。当童稚的歌声从那样一个大男人的胸中迸出，模样真有些滑稽。他的学生是那样真诚地爱着这个同他们一样纯真的老师，爱着他的快乐无忧。

直到有一天，学生们看到了让他们难以想象的情景：音乐老师领着一个比他自己还要高些的大男孩，在操场上吹七彩的泡泡。那个大男孩有十七八岁的样子，可他咧嘴笑的时候，脸上写满了三四岁孩子的快乐，透着怪异，与众不同。

大男孩是音乐老师的儿子。他出生的时候，也是一个白胖粉嫩的可爱孩子，在他蹒跚学步的时候，音乐老师是用音符为儿子的步履伴奏的。可是孩子长到三四岁以后，身体发育日益强健，智力的脚步却停滞不前。几乎没有父母会平静地面对这种情况——孩子是一个先天性弱智儿童，他的智力水平永远只有三四岁。

本来英俊硬朗的音乐老师在得知这个结果的时候，一下子被抽干了心头的水分，可他必须面对那个只能在三四岁的日子里快乐玩耍的儿子。在自己的心中时时滴血的时候，作为父亲，他得让那个孩子像其他孩子一样快乐。音乐老师为此付出了多少比别的父亲更多的辛劳，外人是无法得知的。但是，即使上了一天的课，累极了，被不听话的学生气极了，只要音乐老师的脸朝向自己的孩子，眼眸里就一定会开满温情的花朵。

在那个弱智的孩子快乐成长的日子里，音乐老师也以快乐面对着这一切。有人说他曾号啕大哭过无数回，可他的笑脸总会与朝阳一起升起。学生们说，音乐老师有时会在领着他们唱歌的时候，双眸中就慢慢浸满莹莹的泪光，然后到走廊独自站一会儿，再回来的时候，却又会张开双臂，对着他的学生们热情地说："来吧，孩子们，让我们再唱一遍《欢乐颂》！"

音乐老师的内心是痛苦的，但是他找到了让痛苦流淌的出口。他像一棵每天都要挨一刀，每天都要缝合伤口的橡胶树，用爱不停地释放着自己内心的痛苦。

古希腊一位诗人说："我身上有无数个裂缝，到处在漏水。"这是关于悲剧的最有力的诠释。悲剧就是撕开伤口给人看，这些流经生命，又从生命中渗漏出去的水，可以酿酒，可以醉人，可以醒世，可以洗心。这些痛苦使躯体干疮百孔，却让灵魂得到了升华。

››› 本文入选试卷现代文阅读真题

1. 文章分别写了“落沙婆的小鸟”和“音乐老师”两件事，各说明了什么道理。
2. 理解文章题目《给痛苦一个流淌的出口》的含意。
3. 文章最后一段说：“悲剧就是撕开伤口给人看，这些流经生命，又从生命中渗漏出去的水，可以酿酒，可以醉人，可以醒世，可以洗心。这些痛苦使躯体千疮百孔，却让灵魂得到了升华。”你如何理解这句话？请你列举出你所了解的三个人物说明这句话的含意。
4. 下列对文章的理解和赏析，不正确的两项是：

   A. 这是一篇优美的哲理散文。题为“给痛苦一个流淌的出口”，化用但丁《神曲·第十三歌》中所讲故事的寓意而来，这很容易让人想起但丁的《神曲》这部文学巨著所要表达的主题。

   B. 文章第三段选择了母亲分娩的事例，说明人类的妈妈们显然要比落沙婆的小鸟幸福得多。但是，在人类妈妈们幸福美满的结局中，缺少的是一份对过程的领悟。

   C. 文章选择了“落沙婆的小鸟”和“音乐老师”这两则故事进行对比，阐释了一个深刻的道理：无论动物，还是人类，要想成功必须经过痛苦和挫折的考验。

   D. 本文以这人性中的苦痛为切入口，让生活中弥漫着阴霾的音乐老师身上绽放出温馨而绚丽的人生光彩。鸟的铺垫渲染了气氛，音乐老师形体的英俊、魁梧与内心的伤痛构成强烈的反差，发人深思。

   E. 这篇散文告诉我们：在漫长的人生旅途中，我们也许会遭受这样或是那样的不幸，只要我们怀着坚强而勇敢的心态去坦然面对，给自己的痛苦找到一个流淌的出口，就会在苦难的洗礼中，获得瑰丽的人生。

原题名师解答

1. 只拥有美满结局的过程也许并不完整，落沙婆的小鸟更懂得生活的真谛，毕竟，风雨后的阳光会更加灿烂。
2. 一位坚强而又善良的音乐老师，他的人生无疑是痛苦而又丰富的——尽管他在尘世生活得不幸，但灵魂却在与苦难的抗争中获得了高贵，获得了永恒。
3. 人生旅途中每个人都会遭受痛苦和挫折，我们要学会排解痛苦，释放痛苦。
4. 面对充满悲剧的人生只要不失望，能时时怀着坚强而勇敢的心态去坦然面对生活的苦难，就能给自己的痛苦找到一个流淌的出口。这不免让我们想起了史铁生、张海迪、海伦、贝多芬，他们都有一颗不向命运低头的高贵灵魂，他们都在苦难的生活中坚强的演绎着属于自己亮丽的人生风景。
5. BC（B项中“母亲分娩的事例”文中指“没有痛苦的分娩——剖腹产”，C项阐释的道理牵强。）

善良的蛋糕

①岳父过生日，妻子嘱咐我，一定要买一个大一点的蛋糕，那样更喜庆一些。

②我拎着那盒大大的精美的蛋糕去岳父家，看到脚上的皮鞋脏得不像样子，就在一个修鞋摊前停了下来。擦皮鞋的是个孩子，旁边还有一个骨瘦如柴的中年男子，看来是父子俩。老的负责修鞋，小的管擦皮鞋。

③他们的生意还不错。大街上来来往往的人很多，不时有人停下来，坐到孩子对面，让孩子擦鞋。那孩子只有八九岁的样子，但擦皮鞋的功夫挺地道。客人的皮鞋头上，常常能映照出他流着汗水的笑脸来。客人们也都很喜欢他，常常会多给他几角钱，让孩子买个冰激凌什么的，可孩子舍不得买，把钱都放到了父亲的钱袋里。“怎么不去买个冰激凌呢？”我问他。他说因为妈妈生了重病，他要把钱都攒起来给妈妈看病。这个懂事得令人心疼的孩子，让我的心立刻难过起来。想想自己家的宝贝，锦衣玉食地供着，哪里受过半点委屈。一样的孩子，却是不一样的命运啊。

④在给我擦鞋的时候，我看到孩子的眼睛时不时地盯着我那盒蛋糕看，并不停地咽着口水。我知道，孩子一定是馋了，可我不能切一块给他，因为那是岳父的寿糕。

⑤看着来来往往的那些背着书包的孩子，他的脸上常常露出羡慕的神情，我听到他父亲在旁边安慰他说：“等把你妈的病治好了，就送你去上学，让你

也背上那好看的书包。”孩子笑了，为了那个梦想，像只小鸟找到了虫儿般欢呼雀跃起来。

⑥留下几个硬币和几声叹息之后，我转身走了。可是没等走出多远，身后就传来孩子凄厉的哭声。我回头看，是从那个修鞋摊上传来的，旁边围了一大群人。我急忙赶回去，看见几个城管人员正在“管理”那个骨瘦如柴的男人，因为他们弄脏了城市的地面。原来，孩子在空闲的时候，竟然用废弃的鞋油在路面上画了一幅画。城管人员要他们交罚款。那男人拽过孩子，对他一顿打骂。城管人员看他下手挺狠，有些看不过去，就对他说：“别打孩子了，以后注意点就行了，这次就算了。”

⑦城管人员走了之后，那男人搂过孩子，一个劲儿地说着道歉的话，其实他只是给那些城管人员做做样子，他也舍不得打自己的孩子。他问孩子在地上画了什么，孩子一边抽噎着一边小心翼翼地说：“是一个蛋糕。妈妈早上说今天是我的生日，让我早点回家。我想要个很大很大的蛋糕……”

⑧那个男人哭了，一个劲儿地抽自己的嘴巴。

⑨我把这件事情说给妻子听的时候，妻子埋怨我没有把蛋糕送给那个孩子，岳父也听到了，让我陪他找到那个孩子。他把手里的蛋糕递给那个孩子，对那个孩子说“生日快乐”，并老顽童一般做了个鬼脸。我看见孩子的眼睛里充满了惊愕和兴奋，那是孩子们在看魔术表演的时候才有的眼神。

⑩我要去蛋糕店再买一个生日蛋糕，岳父阻止了我。岳父对我说：“你不觉得我们已经吃过那蛋糕了吗？”“是的，吃过了。”我若有所悟，连连点头说，“而且很好吃，很甜。”

⑪我们知道，那天我们必须把那盒蛋糕放到那孩子的手中，因为只有放到那里，它才是精美且甜蜜的。

⑫那一天，阳光明亮，熙熙攘攘的人群中到处传递着幸福的味道。我和岳父并肩走着，我很庆幸自己的影子能和他老人家的影子重叠在一起，因为那影子里有善良的暖意，而善良的人是这个世界上最可爱的人，他们会时刻指引着我们，朝着幸福的城堡进发。

本文入选试卷现代文阅读真题

1. 请用简洁的语言概括本文的主要内容。
2. 结合全文，说说题目的作用。
3. 文中写城管人员有什么作用?
4. 品读第⑧段，从人物描写的角度进行简要赏析。
5. 结合文章内容探究擦皮鞋的孩子是一个怎样的人。

原题名师解答

1. “我”给岳父送生日蛋糕，路遇擦皮鞋的男孩，男孩想要蛋糕，用废弃鞋油在地上画蛋糕，遭到城管人员处理；岳父听说后，让“我”陪同他把蛋糕送给了男孩。
2. ①运用拟人化的表达方式，激发读者阅读兴趣；②点明全文的线索，“蛋糕”贯穿全文；③揭示文章主旨：蛋糕上寄托着善良的情感。
3. 引出孩子画的画——蛋糕，推动情节发展：进一步表现孩子的艰难生活境况，表现作者对孩子的同情。
4. “哭”“抽”等动作描写，生动传神地刻画出了那个男人无奈、痛苦、自责的心理。（3分）（赏析句子，一要注意指出句子中有鲜明特点的词语，或者该句运用的修辞手法，二要指出句子的表达效果。）
5. ①孝顺、懂事、吃苦耐劳。妈妈生重病，家庭困难，他担当家庭责任，辛苦擦皮鞋，把钱攒下来给妈妈治病。（爹乐观。）擦皮鞋时，流着汗水的脸常保持着笑容；虽然不能上学，但听了父亲的安慰后，为自己的梦想而笑。③向往美好的生活。生日渴望得到蛋糕，用鞋油在地上画蛋糕。（答出两点即可。）

蒲公英也很快乐

东台市实验中学初三年级2012年9月阶段测试语文试卷

大后部落是出了名的贫穷偏僻，而我即将要被分配到那里去做小学教师，想想这个心就凉了半截儿。

去的那天阳光明媚，路边一大片一大片的蒲公英开着黄灿灿的花朵。

总算走到村子了，眼里看到的都是低矮破旧的房子，鼻子闻到的都是火烧粪便的味道，偶尔传来几声犬吠，算是给这个死寂的世界敲敲门提了个醒儿：我们还活着。

这一派萧条荒凉的景象让我顿时傻了眼，我在心里暗暗发誓：哪怕动用所有关系，一定要逃离这个苦海。

我想到学校去看看，便问了一个小姑娘学校的位置，她先是愣了一下，然后放下手里的猪食桶，在裤子上抹了抹手，说她领着我去。

这是个大概有十来岁的孩子吧，扎着两个活泼的小辫子，脏兮兮的小脸上缀满了灿烂的微笑，一双大眼睛写满了好奇。

她欢快地走在我的前边，热情地问我为什么来这里。

我嗫嚅着说："哦，没啥事，就想到处走走看看。"

"哦。"不知道为什么她忽然间显得有些失望。

到学校了。与其说那是学校，不如干脆说就是一间稍微大一点的房子和一个稍微大一点的可以勉强当操场的院子，一个旗杆和一面有些破旧的红旗证明着这里的与众不同。

教室的黑板擦得干干净净的，座椅也都很整齐地摆放着，窗户也都纤尘不染，但就是没有一个人。

我问她怎么没人上课呢？

“没有老师啊，大概有两个月了，老师们一个个的来了又走了，大人们说，没人愿意来我们这里当老师。”小姑娘说。

“那这里怎么会这么干净呢？”

“我和我那几个好朋友说好了的，每天都要有一个人来负责来这里打扫卫生，我们要把这里拾掇得干干净净的，这样老师来了，就不会嫌弃这里脏，就会留下来了。”

孩子的话，好似在我心头猛地扎了一针。

“有好几次，几个淘小子在黑板上乱写乱画的，我们和他们吵了好久呢，最后，到底是我们赢了，他们现在也经常来帮我们呢。”她一脸骄傲地说着，“正好今天轮到我了，你先坐着歇会儿，我要开始打扫卫生了。”

我看她拿着一块抹布，开始忙碌起来。那小小的身影，在阳光下闪着动人的光芒。

从学校回来，小姑娘在路边蹲了下去，小心翼翼地折下一朵蒲公英递给我，她说：“吹蒲公英的时候，先许一个愿望。然后一口气吹下去，要把蒲公英吹得一个不剩，愿望就会实现的。”我看她自己也折了一朵，然后很虔诚地闭上眼睛，把蒲公英缓缓地送到自己的唇边，然后“呼”地一下吹散。

“你也吹啊，快，赶紧许个愿望。”她催促着我。

我闭上眼睛，在心里默念了很久，然后真的就很认真地一口气吹过去，那蒲公英的种子漫天飞舞，像轻盈的雪花，霎时间丝丝缕缕荡漾开去。小姑娘灿烂地笑着，好像每个人许下的愿望，都可以实现一样。

她就问了我，“你许下的是什么愿望呢？”

我微笑地反问她，“你呢？”

她说她的愿望是来一位好老师，她想回学校上课。

她不知道我许下的愿望是什么，其实，我许下的愿望和她有关，和这里的每个孩子都有关。

我决定留下来，因为我喜欢这里一大片一大片的蒲公英。那些蒲公英虽然生在这贫瘠之地，但依然可以很快乐。

“你还没告诉我你的愿望呢？”小姑娘刨根问底儿。

“我的愿望就是……”我故意卖着关子，“你能实现你的愿望。”

小姑娘把我送出很远，一直到我坐上了通往县城的客车。我向她挥手，大声地向她喊道：“明天，学校见，不见不散。”

››› 本文入选试卷现代文阅读真题

1. 理清文章思路，在横线上填写恰当的语句，体现“我”思想变化的过程。

 ____ →受到震动→ ____

2. 文中画横线句子属于什么描写？请简要分析它的作用。
3. 文中画波浪线的句子运用了哪种修辞手法？并简析其表达效果。
4. “我”决定留下来任教的原因是什么？试用简洁的语言加以概括。
5. 对文中的“我”和“小姑娘”，你更喜欢谁？请说明理由。

››› 原题名师解答

1. 失落，不愿留下任教；改变主意，留下任教。（意思答到即可）
2. 景物描写（自然环境描写），渲染了小山村荒凉冷清破落的景象，衬托了“我”失落的心境，与下文“我”愿留下任教形成鲜明的对比，突出了文章主旨。
3. 运用了比喻，生动形象地描写了蒲公英种子飞舞的美态，烘托了小姑娘的天真烂漫、坚强乐观，也暗示了“我”思想感情发生了变化。

4. “我”被村子里孩子们渴盼新老师的愿望和行为深深地感动了，喜欢这里像蒲公英一样淳朴快乐的孩子。

5. 示例：我更喜欢文中的小姑娘，因为她热情善良、勤劳乐观、渴望学习。（能根据文章内容评述，言之成理即可）

感谢你的挣扎

远处的泥泽里，我突然看到一条挣扎的鱼，更准确说是抖作一团的泥土。或是一节被遗弃的干枝。或是蚯蚓？当我用手将它捏起来，软绵绵的，的确是一个生命——一条漏网之鱼。应该还能活，我轻轻地将它送入水中，没有告别，也没有回头，只是一个荡漾的水波就不见了。

之后是第二条，跟它一样的命运，因为抖动而没有逃过我的眼眸。如果不挣扎，它们就会没入泥土，永远停止呼吸。感谢那一次挣扎吧，虽然那个过程是多么艰辛与疼痛，但最终还是等来了我的注视！

朋友和我说起过他接到大学录取通知书那年的一些往事，令我记忆犹新。

他说，接到录取通知书是让全家甚至全村都兴奋的事情，可是学费却愁坏了家里人。父亲东挪西借最后还是差很多，情急之下想到自己家里的一门远方亲戚。那是一个富户，平日里没少做耀武扬威的事情，父亲是个正直憨厚的人，看不惯他这样的作风，好几次还当着很多人的面顶撞了他，这让那富贵亲戚很没面子，心情极为不爽，所以两家几乎也就没什么走动，这亲戚里道的关系也就名存实亡了。父亲硬着头皮去了那亲戚家，却无功而返，钱没借到反而受尽了奚落。“你不是有骨气吗？有骨气就别来和我借钱啊！”这是不用想都能猜得到的富贵亲戚要说的话。

“我再去一遍，多说点好话呗，就不信他还能一点不看这亲戚的面子啊，再说，咱的娃上了大学，以后就是体面的人了，他们也总有求咱的时候吧。”父亲胡乱吃了一口饭，跺跺脚，仿佛给自己下了很大决心的样子，又一次推门走了。

亲戚知道他们家穷，还是不肯把钱借给他们，任凭父亲说尽了好话。父亲灰头土脸地回来，蹲在墙角，一口一口地抽着闷烟。母亲也缩在炕头暗自垂泪。朋友心疼父母，对他们说这个大学不想念了，要出去打工挣钱。父亲当时就火了，对他说，你只管念你的书，钱的事他来想办法。然后把烟袋锅往鞋帮子上磕了一磕，壮士断腕般悲壮地说：“我最后再去试试。”父亲又出发了，披星戴月，再一次去走那十多里的山路。看着父亲微驼的背影，步履蹒跚地走在夜色里，朋友说他当时的心如同被剜割一般疼痛。

将近凌晨的时候，父亲回来了。他是一路小跑着回来的，看父亲那兴奋的神情，他知道肯定有好消息了。果然，这一次父亲真的借回了钱！母亲揉着红红的眼睛，有些不敢相信地看着父亲，父亲掐了一下母亲的胳膊，“傻婆娘，呆愣个啥哩！”母亲才知道这不是做梦，赶紧给父亲卧了个荷包蛋，犒劳他这一夜的奔劳。

过了许多年后，他家的那个亲戚对他说起这件事，说他有一个伟大的父亲，为了他，什么脸面都不顾了，甚至是不惜下跪！

朋友说，父亲一辈子顾及自己的脸面，下跪的那一刻，他的内心该是怎样的挣扎啊！

他说那一天那三次借钱的路途，比唐僧西天取经的路途都要遥远，父亲每一次出门都是一种挣扎！他在心底永远记着，他感谢父亲的一次次挣扎，换来他今天的好前程。

在报纸上看到一则新闻，一个被误以为死亡的老人被装进棺木，可是他半夜里醒来，四周一片静寂。他以为自己来到了阴间，这时，他听见了儿女们的哭声。他知道自己还活着，他拼命地敲打棺木，可是棺木太厚了，那声音很微弱。可是他一直没有停止呼救，连续敲打了近五个小时才有人听见，把他救了出来。他“死而复生”，又多活了十二载。

如果没有那持续不断的挣扎，恐怕他早已命丧黄泉了。

并不是故意渲染苟延残喘的特别含义，只是想说，没到最后一刻，就不该放弃。

当世界所有的灯都灭了，你想，也要离去了吧，不会再有任何一盏灯为你点燃，但是你错了，人间的灯火就是那样反复无常，说不定何时为你点亮，只要你再坚持那么一下，哪怕是挣扎也好。山重水复的难，在人间处处都有，柳暗花明的戏，在尘世亦会时时上演。

就像那条濒临死亡的鱼，用一次次微弱的挣扎，终于令一盏慈悲的灯为它亮起。

››› 本文入选试卷现代文阅读真题

1. 文中的父亲三次去亲戚家借钱，为什么前两次无功而返，第三次却借到了钱？
2. 父亲外出借钱，儿子的心理前后发生了哪些变化？
3. 本文是怎样刻画父亲这个人物的？请简要分析。
4. 阅读文章最后一段，你能用陆游的一句诗来概括作者所讲的意思吗？

››› 原题名师解答

1. 因为正直憨厚的父亲曾经得罪过这家富贵亲戚，两家几乎没什么走动，在这种情况下，父亲前两次借款无功而返也就不足为奇。接下来，父亲不顾面子，第三次上门借钱，甚至给人家跪下，伟大的父爱彻底感动了那名亲戚，所以最终借回了钱。
2. 先是焦急而心存希望；见父亲两次都没借回钱，感到绝望，准备外出打工；看到父亲第三次外出借钱，心如刀绞；后来，同情父亲，感恩父亲。

3. 一是通过语言描写，如“我再去一遍，多说点好话呗！”；二是动作描写，如“父亲胡乱吃了一口饭，跺跺脚”中的“跺”，“把烟袋锅往鞋帮子上磕了一磕”的“磕”；三是神态描写，如“壮士断腕般悲壮地说”、“父亲灰头土脸地回来”；四是肖像描写，如“父亲微驼的背影，步履蹒跚地走在夜色里”。这些描写，将一个为了儿子忍辱负重的伟大父亲的形象鲜活地呈现在读者面前，令人感动

4. 山重水复疑无路，柳暗花明又一村。

善良的种子

①父亲常说，只要人帮人，世界上就没有穷人。

②父亲不舍得花钱，是村里有名的“抠王”，可是对那些需要帮助的人，他从不含糊。哪怕他自己不吃不喝，也要尽量去帮助。记得有一次，他把自己的路费给了一个被小偷洗劫一空的老人，自己步行四十里路回家。不知情的乡邻以为父亲又是为了节省路费，“抠王”的名号在村里愈发叫得响亮了。

③父亲没想到，有一天自己也成了小偷光顾的对象。那一次正是春播时节，父亲和几个乡邻去城里买种子。买完种子后，父亲的兜里还剩下一百多块钱，他没花，连午饭都没舍得吃，就和几个乡邻急匆匆地坐上了回乡下的客车。大概是买票的时候，被人瞄上了他兜里的那张一百元的票子，再翻口袋的时候，那张一百元的票子就不翼而飞了。在那个年代，一百块钱不是个小数目，可以买很多东西呢。父亲急得满头大汗，在翻遍所有的口袋，确定钱丢了之后，父亲感到眼前一黑，差点晕倒过去。车上人很多，父亲看着满车厢的人，感觉每一个都像是偷钱的人。

④父亲正在心里痛骂自己粗心大意的时候，听到了车下一个女人声嘶力竭的尖叫：“我的种子丢了，你们谁看到我的种子了？那可是我家里一年的种子啊……”

⑤那个丢了种子的女人在那里不停地抽泣，她说她把种子放在站点，自己去

解了个手，就这一小会儿工夫，种子咋就没影了呢。她说她家死了男人，里里外外全靠她一个人支撑着，她命苦啊。她呼天抢地。车里人都纷纷对这个丢了种子的人表示同情，纷纷谴责那个偷种子的缺德的人，他断了穷人家的活路。

⑥“不管咋的，先上车再说吧。”父亲劝她，忘了自己也是个遭遇了盗贼的人。

⑦父亲向同来的乡邻要了个空袋子，放到那个女人手里。他解开自己的袋子，一捧一捧地往那个素昧平生的人的空袋子里装种子，一边捧一边说：“你少种点，我也少种点，日子总能挺过去的。”与父亲同来的乡邻，看到父亲的所作所为，也都纷纷打开袋子，往那个人的空袋子里捧种子。不一会儿，那个空袋子就鼓了起来，仿佛吃饱饭的人，振作了精神。那女人不知道说什么好，一个劲儿地要给父亲和乡邻磕头。父亲说：“谁还没有个难处，都帮一把，就挺过去了。”

⑧满车厢的人都亲眼目睹着父亲的小小善举，他们不知道父亲的心灵刚刚经历的创痛。父亲也自始至终没有向人说出自己的钱被偷了。

⑨下车的时候，人很挤。他感觉被人紧紧地贴了一下身子。父亲再一次翻口袋的时候，发现那张百元票子又回到了他的口袋里。就是他自己的那张，他认得，皱皱巴巴的，那上面还有他的体温呢。

⑩望着从车上下来的一个个人，父亲看谁都不再像是小偷。

⑪这个世界上，每一颗良心都是一粒善良的种子，或许你没有财富，无法慈善，但你可以去做一粒善良的种子，把爱孕育，让爱开花。这些种子会让世界阳光明媚，花团锦簇。

本文入选试卷现代文阅读真题

1. 根据选文的行文思路，用简洁的语言概括文章的主要情节。

父亲是有名的“抠王”→（　　　　　　　　　　）→“女人”的种子被偷→

(　　　　　　　　)→(　　　　　　　　)

2. 父亲的那张百元票子为什么又回到了他的口袋里?

3. 第③段和第⑩段两个划线语句矛盾吗?为什么?请结合父亲不同心境简要说说。

4. 选文哪句话具体阐释了标题"善良的种子"的深刻含义?请用波浪线在原文中标出。

5. 选文第②段写父亲是有名的"抠王",目的是什么?

6. 仔细揣摩下面句子中加点词语,结合全文,说说好在哪里。

他认得,皱皱巴巴的,那上面还有他的体温呢。

7. 你如何看待文中父亲的行为?请联系现实谈谈你的认识。

原题名师解答

1. 父亲的钱被偷;父亲及乡邻把各自的种子分给女人;父亲的钱失而复得。

2. 父亲把自己的种子分给丢失种子的素不相识的女人的善举,感染了周围的人,也唤醒了偷钱人的良知。

3. 不矛盾。因为第③段写父亲的钱被偷时的焦急心情,对他人的猜疑及不信任;而第⑩段写父亲的钱失而复得后心情转悲为喜,他相信人心是向善的。

4. 这个世界上,每一颗良心都是一粒善良的种子,或许你没有财富,无法慈善,但你可以去做一粒善良的种子,把爱孕育,让爱开花。这些种子会让世界阳光明媚,花团锦簇。

5. 写父亲是有名的"抠王",与下文父亲慷慨地把自己的种子分给素不相识的女人的善行形成鲜明对比,突出父亲的善良。

6. 这是典型的细节描写,说明父亲的钱珍藏已久,因钱来之不易而格外珍视,更能衬托父亲善举的可贵。

7. 评价围绕父亲"善良"来谈;联系现实要答出做一个善良的人的正面意义。

那一滴挤疼了大海的眼泪

2013年浦东高考预测语文试题现代文

①一滴水，无法挤疼大海，一滴眼泪，却会！

②有一次，母亲在午睡时做了一个梦，梦到我掉进了井里，旁边一大帮人，却没有人去救。母亲赶到了，毫不犹豫地跳进去救我，把我救上来，自己却死过去了。她隐隐地听到人们说：“只有当妈的才能这样啊，把孩子救上来，自己却死过去了。”

③母亲在睡梦中惊醒，她感到这个梦很不吉利，眼皮也不停地跳，她担心我会发生什么事情，迫不及待地给我打电话，可是我在午睡的时候有关机的习惯，母亲就一遍一遍地打，一直打了两个小时，我才开机。

④电话通了的时候，母亲在那边孩子一样“哇”的一声哭了起来。听完母亲诉说的那个梦，我深深地自责起来。对于母亲来说，无法和孩子联系的这两个小时，是多么漫长。

⑤母亲叮嘱我最近要多注意点儿安全，又一再地安慰我，说梦都是反的，梦见灾难就证明平安，没事的。

⑥这就是母爱吧，她宁愿相信，一个不真实的梦。并陷进自己假设的劫难里，难以自拔。

⑦从那以后，我不再轻易地关机，因为我怕母亲再做那样可怕的梦。

⑧那一声“惊天动地”的哭泣，着实把我吓了一跳，我分明看到了在哭泣

声后尾随而来的那滴眼泪，浑浊、咸涩，却又那么晶莹、甘甜。

⑨看过一篇文章，说一个失去老伴的父亲，内心充满了悲伤，可是他又不得不在儿女们面前装出笑脸，免得让孩子们替他担心。后来，儿女们发现父亲喜欢上了吃洋葱，他总是一个人在厨房里默默地剥洋葱，眼里满是泪水。孩子们问起的时候，他说是洋葱太辣。其实他是在找一个借口流泪，给心底的悲伤找一个流淌的出口。

⑩有一种男人，宁可忍耐野火把心烧焦，也不会让火星溅到爱人的发梢；有一种男人，心里藏着一个重洋，流出来，却只有一颗泪珠！

⑪我的父亲也是个刚强的父亲，我见过他唯一的一次流泪也是因为我。

⑫那个秋天，我被一个发了疯的酒鬼连刺了四刀，多亏好心的邻居相救，才得以保住性命。在重症监护室里三天三夜昏迷不醒，醒来第一眼，我就看到了父亲。而当看到我终于醒来，父亲的一滴泪重重地砸到我的脸上，继而转身向外狂奔，语无伦次地对亲人们喊着："孩儿醒了，孩儿醒了……"

⑬后来我才知道，当听说了我的遭遇，正在田地里干活儿的父亲风尘仆仆地从老家赶来，竟然连衣服都没来得及换，上面满是泥点子和汗渍的酸味。母亲哭了一道儿，他训斥了一道儿，"你嚎丧个啥儿，儿子没事儿也被你嚎出事儿了。"话虽如此说，心里早已七上八下地没了谱儿。

⑭<u>父亲，这个刚强了一辈子的汉子，天灾令他颗粒无收时没流过一滴泪，上山砍伐木头被大树压断了腿时没流过一滴泪，听说我出事儿时没流过一滴泪……在确认我醒了，重新活了过来的时候，终于哭了一次。</u>那一滴砸在我脸上的泪水里面，蓄着父亲满满六十多年的沧桑。

⑮现代舞之母邓肯的一生充满了太多的悲凉，一天之内，她的一双儿女就被汽车送葬于莱茵河中。她在自传里悲伤地写道："在人的一生中，母亲的哭声只有两次是听不到的——一次在出生前，一次在死亡后。当我握着他们冰凉的小手时，他们却再也不会握我的手了。我哭了，这哭声与生他们时的哭声一模一样。一个是极度喜悦时的哭声，一个是极度悲伤时的哭声，为什么会一样呢？我不知道为什么，可我清楚这哭声真的是一样的。在茫茫人世间，是不是

只有一种伟大的哭声，孕育生命的母亲的哭声，既能包含忧伤、伤痛、又能包含欢乐、狂喜呢？”

⑯一滴水，无法挤疼大海，一滴眼泪，却会！因为那一滴滴眼泪里面蕴藏着无穷无尽的情感的风暴。

››› 本文入选试卷现代文阅读真题

1. 本文选材典型，作者为我们选择了哪些典型事例？请用简洁的语言概括。
2. 第⑬段写父亲对母亲训斥，你如何理解父亲的这种行为？
3. 请选择恰当的角度赏析第⑭段的划线句子。
4. “一滴水，无法挤疼大海，一滴眼泪，却会。”在文末出现，用意何在？

››› 原题名师解答

1. ①母亲梦见“我”落井，惶恐不安；②失去老伴的父亲，用剥洋葱掩饰悲伤；③父亲为“我”流下一生唯一的泪水；④邓肯失去一双儿女，悲伤诉说。
2. 这一段写父亲对母亲的训斥，看似反常，实际上反映了父亲忧心如焚、焦躁不安的心情。有力地突出了父爱的至纯至真，表现作者对父爱的热烈歌颂。
3. 这句话运用了排比的修辞手法，突出了父亲的刚强。省略号前后内容形成鲜明的对比，通过父亲流泪与不流泪的对比，表现了父亲对儿子深沉的爱。作者这样写，也表现了对父爱的感受之深。
4. 一滴水，无法挤疼大海，一滴眼泪，却会！这句话运用拟人与对比的手法，形象揭示了一滴眼泪的感染力量，突出了泪水中承载着血浓于水的无比厚重的亲情之爱。这句话与文章的开头呼应，使结构浑然一体并点题。这句话作为文章的结尾，把作者的情感推向了高潮，深化了文章主旨，也令人回味。

蓝是月亮追求的优雅

重庆一中初2014级13—14学年度下期定时作业语文试题

以前，总是喜欢在夜里打开窗子，看一会儿月亮。那时候看月亮，清湛湛的，水灵灵的，仿佛随时可以滴出水来。可是现在不知道为什么，看到的月亮总是灰色的。是天空不再那么洁净了吧，是浸泡于世俗里的心不再纯粹了吧，又或者，是我的眼睛蒙了一层鸡毛蒜皮的烟火吧。我滴了几滴眼药水，努力眨巴眨巴眼睛，依旧无法把月亮从浑浊里捞出来。

直到，听了妻子和女儿极富诗意的一次对话，我眼里的月亮才变回了最初的蓝。

“妈妈，今晚怎么没有月亮啊？”

“月亮躲到井里洗澡去了。”

“它为什么要洗澡？难道她一直都很脏吗？”

“不，因为它要把自己变得更蓝。”

“为什么要变蓝？”

“因为蓝是月亮一直在追求的优雅（女儿沉默了一会儿，她一定是被优雅这个词给绊住了）。”

“可是，为什么我看到的月亮不那么蓝（这正是我是问题）？”

“那是因为你的眼睛擦得还不够亮（令我醍醐灌顶的一句）！”

女儿似懂非懂地慢慢睡去，月光从乌云里出来了，透过窗帘的缝隙，慢慢浮上她的脸。女儿似乎感觉到了月光的痒，在睡梦里伸着小手去捉。

妻子轻轻地将孩子放下，盖好被子，慢慢俯下身，亲吻女儿的额头，那样轻，猫一般蹑手蹑脚，仿佛怕惊跑了月光。

我问她为何不把窗帘都拉上，她说，“留个缝儿吧，让月光进来，你看月光多美，女儿一定会喜欢的。”

会喜欢的。在那样的月光里，女儿会看到很多美好的东西。会看到梅花鹿，听到它轻快的蹄子敲击出的乐音；会看到一颗颗小蘑菇，愉快地从地面冒出来，好奇地张望这个世界；会看到静静的湖泊，和那水面上漂着的写满祝福的小纸船；会看到微风中轻轻晃动的灯笼，把黑暗赶得远远……

那一刻，我相信，月光不仅仅浮在女儿的脸上，也定会滑进女儿的心里。“就算你拉上窗帘，月亮也在的。”我笑着对穿着蓝色丝绸睡衣的妻子说，“你也是月亮啊，看，你多么蓝！”

在妻子身上，我感觉到，慈爱，会让一个人变得多么优雅！

那一夜，我梦见一个小仙女，蓝色的精灵。她问我，“喜欢月亮吗？”我说，“喜欢，但是它还有点儿不够蓝呢。”小仙女就捣碎了手中的蓝浆果，用力去涂。我笑小仙女的可爱，“那要涂多久才能把它涂得更蓝啊？”

“直到你爱上这个世界。”她说。

感谢这个梦，感谢梦里的小仙女，因为从梦里出来，我真的爱上了这个世界。

而在此之前，我曾一度对这个世界感到失望，因为白天里的勾心斗角、尔虞我诈让我身心俱疲，无法独善其身，仿佛涌进一个漩涡，只能不停地跟着俗念，随波逐流。但是从此刻开始，直到死去。我相信我看到的月亮都会是蓝色的，清湛湛的那种蓝，水灵灵的那种蓝。

那种蓝，可以洗净灵魂。

回想那个奇妙的梦，回想那个小仙女，我惊讶地发现，她一会儿变成女儿的脸，一会儿又变成了妻子的脸。

本文入选试卷现代文阅读真题

1. 有读者读完了全文，觉得文章前两自然段，和文章的主旨并没有什么关系，没必要写，你认为作者安排这两段内容的目的是什么？
2. 结合语境，说说下面句子中加点词语的含义。

   （1）又或者，是我的眼睛蒙了一层鸡毛蒜皮的烟火吧。

   （2）女儿似乎感觉到了月光的痒，在睡梦里伸着小手去捉。
3. 作者描述女儿在梦中看到的月光的美好景象生动形象，请简要分析下面这个句子的妙处。

   会看到一颗颗小蘑菇，愉快地从地面冒出来，好奇地张望这个世界。
4. 作者为什么说月光“定会滑进女儿的心里”，并认为妻子“也是月亮”，是“多么蓝”的月亮？
5. 文中的月亮、小仙女、女儿和妻子在作者看来，都是“优雅”的，请通读全文，思考文中的“优雅”是一种怎样的修养和品质。你的生活中一定也有这样“优雅”的人吧，请简要说说。

原题名师解答

1. 写了作者因为心不再纯粹，看到的月亮是浑浊的，从而引出下文妻子和女儿让我改变观点的诗意对话，并与后文我因为内心纯净，对世界充满爱，看到的月亮是蓝蓝的，形成鲜明对比，从而突出了内心应该纯净，诗意，热爱生活的主旨。
2. （1）指我的眼睛被鸡毛蒜皮的琐碎的尘世生活困住，内心喧闹嘈杂。

   （2）指女儿好像在睡梦中伸手去挠月光的痒，写出了女儿的纯真可爱。
3. 用拟人的手法，将小蘑菇人格化，生动形象地写出了小蘑菇刚从地面长出来的迅速美好，写出了“女儿”心灵的童真可爱。

4. 因为女儿内心纯净，充满诗意，所以女儿心里装着蓝蓝的月亮，能够感受到月光乃至世界的纯净美好，而妻子不但内心充满童心和诗意，而且对女儿充满了慈爱，这让她变得优雅，从而她能够感受到蓝月光的优雅和美好。

5. 文中的“优雅”是指内心纯净，诗意，热爱生活（慈爱、有爱心）。生活实例示例：我的表姐生活得很优雅，她热爱生活，喜欢旅游，每年都会在世界各地留下自己的足迹。

找不到家的天使

①那年，哥哥在山里出苦力的时候被硬物砸断了腿，由于抢救不及时，只好对膝盖以下做了截肢手术。哥哥的小腿被锯掉的同时，也锯掉了他所有的骄傲。

②正是青春的大好年华，却遭遇如此不幸！曾经伟岸挺拔的身影消失得无影无踪，取而代之的是哥哥那越走越矮的身影和无数的叹息、呻吟。

③哥哥是个自尊心太强的人，他一度很绝望，所有通向光明快乐的通道都因为这条腿而被堵死了，无数次，哥哥想到过自杀。

④他屈居阴暗的谷底，不肯再攀登。

⑤哥哥再一次自杀未遂，被我们抢救过来的时候，是在落英缤纷的深秋。在医院的过道上，哥哥碰到一个弱智的女孩，她站在那里看着哥哥拄着拐杖步履艰难地走路，她的眼光是那种孩子般的眼神，在这样的目光中哥哥一点也没有尴尬，她的声音却让哥哥吃了一惊，在哥哥走过她面前时她突然对哥哥说："你慢点走啊！"然后还举起两根手指，做了一个胜利的姿势。哥哥笑着对她说："谢谢你。"她也再没有说什么。哥哥走过去很远回头看她还站在那看他，哥哥忽然心有所动，她是让他小心不要跌倒，就这么简单。虽然只是一句简单的话，却是一份陌生的浓浓的关爱。

⑥第二天，在过道里哥哥又遇到了她。她正在地上拾捡着一片片落叶，每

拾起一片，都会放到胸口，闭上眼睛，口中念念有词的样子。然后就看到她拦住过往的人，像散发广告传单一样散发她的叶子。人们都躲着她走，即使接过叶子的人也随手就扔掉了。她撅着嘴，有些不高兴的样子。哥哥好奇地问她在做什么，她说：“我是魔法师，每个叶子都被我许过愿了，谁得到了，谁就会幸福快乐。”说完就给了哥哥一片叶子，哥哥握着那片神奇的叶子，很珍惜的样子，并连声对她说谢谢。她很高兴，终于有人认可她了，很神气地冲哥哥点着头。哥哥对着她握了握拳，哥哥是要告诉她，他一定会坚强起来。

⑦哥哥后来回忆说，那个弱智的女孩让他很感动，她也许不懂得什么是怜悯和同情，但她是真的很关心别人，弱智虽然让她的心灵永远无法长大，却使她变成了一个善良的天使。同时也让他坚信，一条腿也可以活得很精彩。

⑧从此哥哥又像从前一样，每个细胞都注满了阳光，变得开朗快乐起来。哥哥手巧，一直喜欢根雕。他雕出的根雕作品个个形象逼真，颇具韵味，令人爱不释手。很多人慕名前来购买，还有人提出要给哥哥投资建一个根雕工艺品厂，哥哥成了我们小镇上的名人，收获了事业，也收获了爱情。

⑨哥哥身上散发的阳光的味道感染着身边的每一个人，有人问他，是什么使他在失去一条腿的情况下，依旧开朗乐观。他说他忘不了那个弱智的女孩，是她用最简单的善良给他的生命注入了阳光，让他坚信，即使没有腿也可以走路。

⑩哥哥经常到那个医院去，有时候会碰上一些为医药费而愁眉不展的穷人，哥哥就会慷慨解囊，尽自己的一点绵薄之力。更主要的，哥哥是想再碰到那个弱智的女孩，他要把自己雕的一个根雕送给她，那是一个长着翅膀，手里还握着一个善良的魔法棒的很可爱的小天使。

⑪可是一次都没有碰到。但是哥哥并不悲观，他想她一定活得很好，因为天使，就居住在她善良的心里，会保佑她一生平安。

⑫回来的路上，哥哥领着孩子过马路。一个弱智的男孩在马路中央美滋滋地抬头望着天空，不停地比划着什么？五岁的小侄子对他的爸爸说：“看，那里有个傻子。”哥哥立刻纠正他的孩子说：“他不是傻子，只是迷路的，找不到家的天使。”

本文入选试卷现代文阅读真题

1. 文中的弱智女孩是一个怎样的人物形象？请结合全文做简要分析。
2. 第⑥自然段运用了什么样的艺术手法，请任选一种简要赏析。
3. 如何理解文章标题“找不到家的天使”？
4. 请概括本文的行文思路。

原题名师解答

1. 弱智女孩是一个善良乐观、充满爱心的美丽女孩。她与哥哥素不相识，却关心他走路，并且还给哥哥“做了个胜利的姿势”，看得出来她善良乐观；她将许了愿的叶子送给每一个人，希望人们“幸福快乐”，看得出来她充满了爱心。
2. 对比。将人们对女孩送叶躲着走，随手扔掉的态度与哥哥很珍惜的态度进行对比，突出了一般人对女孩行为的漠视和哥哥对女孩行为的认可、珍惜、感谢，以及从女孩身上得到的一种激励。（或细节描写。女孩拾起落叶，“放到胸口，闭上眼睛”的细节，写出了女孩许愿的虔诚，突出了女孩心灵的善良和美丽）
3. ①“天使”是指女孩像天使一样，带给了他人以关爱和无限温情。②“找不到家”实写弱智的孩子，经常做一些一般人不能理解的事，就像是找不到家的人一样。③“找不到家”虚写人们对于弱智孩子行为的不理解和漠视，使他们感受不到社会这个大家的温暖。
4. ①开头写哥哥失去了双腿，曾一度想到自杀，从而展开全文。②再写哥哥自杀未遂后，从弱智女孩身上感受到了关爱和坚强，并最终振作起来的经历。③最后，通过哥哥与小侄子的对话，写哥哥从身有残疾的人身上感受到的对于人生、社会的思考，深化文章主旨。

那一团瑟瑟发抖的暖

①我珍惜身边陪伴过我的每一样小东西，它们是暖的，尽管那暖很微弱。

②一个雨夜，一只流浪猫贴着我的窗子，可怜兮兮地望着我，它在寻求一丝温暖。我打开窗子放它进来，它的身上发出腥臊的气味，很是难闻，我给它好好洗了个澡，才得以焕发了最本真的活力。第二天在仓库里，我竟然看到它捕捉到了一只很大的老鼠。它的皮毛被老鼠咬掉了好几撮，看上去有些疲惫不堪。它一边不停地舔舐着伤口，一边“喵喵”地向我叫着，似乎在向我炫耀着自己的本事。（1）这种不自量力，我猜想它肯定不完全是在逞强，它一定是在报恩吧。

③它最终还是与我不告而别了，或许是找到了以前的主人，或许是发生了什么意外，都不得而知。我只记得，它第一天来的那一晚，就睡在我的被窝里，脚底下，盘着一团瑟瑟发抖的暖，仿佛一个抽泣着的撒娇的小孩。

④我暖着它，它又何尝不是在暖我。

⑤很多年前，捡回来一只吃了老鼠药的奄奄一息的鸽子。它瑟瑟发抖，在我的怀里，用哀伤的眼神看我。我给它不停地灌水，或许是老鼠药被雨淋得失去了药效，它竟然奇迹般地被我救活了。在我的屋檐上，它重新抖擞起精神来。我喜欢把粮食放在手掌上喂它，它轻轻地啄，似乎怕啄疼我，吃饱了，就飞到我的肩膀上，在我耳边咕咕地叫着。我听不懂它说什么，但我知道，那肯定是一些好听

的话。纯白的鸽子像一团雪，让我时不时地担心它会被阳光融化掉。

⑥它不但没有融化掉，而且还断断续续地引回来一大群野鸽子，我的屋檐从来没有这般生机盎然过。倒是我被这一团团、一簇簇的暖给融化了。一颗心再不愿去追名逐利，变得柔软，变得慵懒，只想安安静静地享受阳光，享受风。

⑦妻子从垃圾箱里捡回来一根鸭掌木，看着这根光秃秃的棍儿，我开玩笑说："这是谁家老头儿的拐杖吧！"妻子却执意说它还有生命，"你看这树根儿，还有很多须子在呢，那证明它还活着。"

⑧妻子细心地把它移植到一个大花盆里，精心照料，它竟然真的"起死回生"了！几乎是一天一个小巴掌，（2）慢慢地，那干巴巴的树身上就有无数个小巴掌在鼓掌了，似乎在欢庆自己重新复苏的生命。

⑨我想，万物都是有灵的吧。这棵老木，垂垂朽矣，可是竟然使劲儿地将自己抽巴巴的身体，再焕发出一次青春来。那是对我们善念的回报啊！

⑩那颤巍巍地冒出来的几丝柔绿，仿佛一团瑟瑟发抖的暖。借着那微弱的一团暖意，多冷的冬天我都不再畏惧。

本文入选试卷现代文阅读真题

1. 围绕"瑟瑟发抖的暖"，文章主要写了哪三件事，请简要概括。

2. 请按要求答题。

（1）这种不自量力，我猜想它肯定不完全是在逞强，它一定是在报恩吧。

（句中的加点词"不自量力"指什么？这样写有什么作用？）

（2）慢慢地，那干巴巴的树身上就有无数个小巴掌在鼓掌了，似乎在欢庆自己重新复苏的生命。（请从修辞角度赏析）

3. 文章第⑩节有什么作用？

4. 请结合文章内容，联系生活实际，谈谈你获得的启示，字数80–100。

原题名师解答

1. （1）我温暖猫，猫亦在暖我。

（2）我救护鸽子，鸽子回报我温暖。

（3）妻捡回鸭掌木，它冒出来几丝柔绿，回报我们。

2. （1）“不自量力”指这只被我收留的流浪猫主动去捉很大的老鼠，弄得有些疲惫不堪，连皮毛都被老鼠咬掉了好几撮。这样写，意在突出这只猫的报恩之心，表达作者对猫的感谢之情。（2）运用比喻、拟人手法，把树身上绽出的无数柔嫩绿叶比作“无数个小巴掌”，并用“鼓掌”将它拟人化，生动地表现出在我们照料下鸭掌木“起死回生”的动人情景，进而突出它的报恩之心。

3. （1）篇末点题。（2）照应前文，总结全文。（3）含蓄的点明中心，表达了“给他人温暖，就是给自己温暖”的主旨。

4. 得分示例：在这个世界上，给他人温暖，就是给自己温暖（其他启示亦可）。正如文中的“我”，救护鸽子，鸽子以亲近“我”、带回同伴回报；生活中，我们应该关爱他人，给他人帮助，这样，我们就能营造和谐的人际关系，当我们“瑟瑟发抖时”，别人就会给我们以回报。

亲爱的向日葵

五一假期里，二妮儿的老师给她们留了特别的“作业”——做一件有意义的好事。

什么算是有意义的好事呢？她现在可没心思想这些，因为她马上就要辍学了。

几天前，本来就贫寒的家里遭了灭顶之灾：父亲在工地上摔成了残疾。顶梁柱倒了，全家人都靠着母亲一个人捡破烂维持着生计。她想，过完这几天假期，就算彻底辍学了，而现在既然我还是学生，那就该完成老师留的作业啊——做一件有意义的好事。

最后，她把目标锁定在一个孤寡老人身上。

那是个奇怪的老人，她不知道他有没有儿女，他的院子每天都是死气沉沉，不见他出来遛弯儿，也不见他和人来往，把自己与这个世界完全隔绝开了。她想去帮他打扫打扫卫生，说说话啥的，这也该算是有意义的吧，毕竟在帮一个老人寻找一点快乐。

她说明了来意，老人很是欢喜，老人说，你不用帮我干活，你只要在我的院子里玩耍就好，我就能感觉到快乐了。

对于老人来说，二妮儿就像一只欢快的麻雀，顿时让他的院子热闹起来。二妮儿也感到老人很是亲切，像极了过世的爷爷。渐渐地，他们成了无话不谈的“忘年交”。

她为老人带去了欢乐，每天陪他说话，捉迷藏。二妮儿还把自己辛苦攒下的十多元钱都用到了他的身上。她不清楚自己为什么会对这个陌生的老人感到亲切，冥冥之中，他们好像有种牵扯不断的关联。她只想给他带去一丝快乐。但老人似乎并不缺钱，他总要给二妮儿一些零花钱，但二妮儿一次也没有要。

她心底的心事只能和老人说，她和他讲学校里各种各样有趣的事情，和他讲自己就要辍学了，说这些的时候，二妮儿的心底泛起一阵酸楚，眼底明显地泛着泪光。

老人安慰她说，别难过，一切都会过去的，你一定要坚强乐观地把眼前的困苦挺过去。

老人给了她一把向日葵的种子，对她说，去吧，把这些种子种到那个墙角去，等秋天的时候，我们就有瓜子嗑了。

她在院子里忙活开来，从种下向日葵那一刻起，她的心便被某种神秘的东西拴住了，她甚至开始盼望，向日葵早日绽开笑脸。

什么时候能看到它们的笑脸呢？她问老人。

现在就开了，老人开玩笑说，你就是我的向日葵。

她灿烂地笑着，忘了明天是上学的日子，也是她永远离开学校的日子。

就在二妮儿辍学的三个月之后，她收到了一封寄自韩国的信：

亲爱的向日葵

你好。当你读到这封信的时候，我已经在韩国了。儿子们来接我很多次，我都没有来，但这次我来了，因为是你使我改变了想法。你的快乐感染了我，使我本来要荒芜掉的生命重新焕发了活力，我想，哪怕只剩一天，我也要快乐地活着。现在，我和儿女们在一起，我不知道这辈子还能不能回去了。你替我照看下我的房子吧，向日葵成熟了，你别忘了去摘啊！另外我以你的名义存了一笔资金，用来资助你上学，直到你大学毕业。

最后，祝你永远快乐！一个因为你而感到幸福的老人。

二妮儿的手微微地颤动着，她向老人的院子奔跑过去，院门没有上锁，她知道，那是老人给她留的门。

向日葵长高了，渐渐高过院墙，那一张张笑脸无比灿烂。她站在那些向日葵下，抬头仰望着那些光灿灿的笑脸，忘了自己，也有一张向日葵的笑脸，镀着阳光的金色。

她想给老人写封回信，可那些感谢的话，对于她和他来说，会显得多么蹩脚啊。忽然间她想到了，等向日葵成熟了，她要把葵花籽为老人寄去，除此，什么都不用说。她知道，老人会懂得，这几粒葵花籽所代表的全部语言。

二妮儿握紧拳头，为自己的想法激动不已！

加油啊！她和那几棵向日葵，在灿烂的阳光下，相互鼓励着。

本文入选试卷现代文阅读真题

1. 为了完成老师布置的作业，二妮儿做了一件什么有意义的事？请简要概括。
2. 二妮儿为什么把一件有意义的事情的目标锁定在一个孤寡老人身上？这个老人当时的现状究竟怎样？
3. 孤寡老人为什么要二妮儿种下向日葵？
4. 选择恰当的角度赏析下列句子。

   （1）对于老人来说，二妮儿就像一只欢快的麻雀，顿时让他的院子热闹起来。

   （2）向日葵长高了，渐渐高过院墙，那一张张笑脸无比灿烂。
5. 二妮儿她想给老人写封回信，可那些感谢的话，对于她和他来说，会显得多么蹩脚啊。请你代二妮儿给老人回一封短信吧。

原题名师解答

1. 帮助一位孤寡老人，给老人带去快乐。（意思大致相同即可给分。）
2. 在二妮的眼中，孤寡老人一定很孤独寂寞，需要帮助，眼下老师正要自己我做一件有意义的事情，所以他选择了这位孤寡老人。儿女都在韩国，自己只身一人在国内，晚年生活闷闷不乐，悲观消极。
3. 表面上是等秋天的时候，他们就有瓜子嗑了。深层次的原因则是给二妮儿以希望，因为盛开的向日葵象征着乐观、象征着希望。
4. （1）运用比拟的修辞，把二妮儿比作麻雀，生动形象地表现了二妮儿给老人带来了欢乐，给老人的家带来了生气。（2）表面上是写景，实际上是抒情。句子运用拟人的修辞描写出了向日葵的美丽，生动形象的抒发了二妮儿内心的喜悦，因为她读书有希望了。
5. 信的内容要注意感恩，并把向日葵的现状及自己的心情、以后的决心写出来。

我的戒尺冷了

河北省石家庄市第九中学2012年中考语文模拟试卷

女儿上初中了，数语外三科，偏偏外语跟不上，月考竟然不及格。我很生气，第一次动用了武力。我做了一把戒尺，扯过女儿的手，毫不留情地落下，女儿忍着没有哭，眼泪却在眼眶里直打转。她也知道她伤了我的心。一直，她都是我的骄傲，我忽然有一种掉下悬崖的感觉。

女儿没考好，做家长的也有责任，为了惩戒自己，我对女儿说，打你多少下，我也会打自己多少下。然后狠狠地抽打自己的手心，直到那里渐渐泛起红色的血丝。女儿终于“哇”的一声哭了起来，她使劲地来抢那把戒尺，她说她一定会认真背那些英语单词，她说她一定好好学习。

打她不哭，打我自己她却哭了，看来这个“苦肉计”还是挺有效果的。女儿在以后的一段时间里也确实很努力，英语成绩长进了不少。只是好景不长，她懒散的毛病又犯了，那把戒尺好像从来就没有消停过，使用率极高，也算是物超所值了。以至于女儿常常向她外婆诉苦，说她因为学习不好常常挨打：“以前是妈妈的女子单打，后来是爸爸的男子单打，再后来是爸爸妈妈的男女混合双打。”

无意间看到了女儿写的一篇日记，她说她的心中有个秘密，那就是喜欢上了洗手间里的马桶盖。原因是，在爸爸妈妈眼前，她只能写作业、背英语、解难题，只有到了洗手间，她才有自己的自由。累了，到洗手间里坐一会儿，竟是她最惬意的时候。爸爸妈妈问起，回答一声上厕所。用女儿的话说，那是个永恒的借口。

我的心仿佛被扎到了，很疼。但每个父母都有望子成龙盼女成凤的心，和这个伟大愿望比起来，那些疼就变得如同蚊虫叮咬一样，小菜一碟了。

转眼又到了期末，女儿擎着她的成绩单，颤巍巍地站在我面前，我就知道，这次考试一定又歇菜了。果不其然，这次考试名次又落后了，都是因为偏科的缘故，她的外语又一次没有及格。

我四处寻找我的戒尺，戒尺不见了，我翻了很多地方，都找不到。我猜想一定是女儿把它藏了起来。

“怕挨打就给我争点气，戒尺是不是被你藏起来了？”我大声地向女儿吼着，女儿低着头，不置可否。一边去找戒尺，一边一个劲儿在那里小声地为自己“辩解”着：我藏起来，是不想让爸爸的手再出血了。

女儿藏起戒尺，原来是看不得我打自己。

“行啦，如果真心疼我的话，就考个好成绩给我。”我揶揄着一颗孩子的心，如同捏碎了一颗苹果。苹果的眼泪委屈地洒落一地。

“我努力学了，可就是记不住那些该死的单词，我恨它们。”女儿依旧声若蚊蝇地为自己辩解着。

我拿着戒尺的手忽然慢慢垂了下去，女儿说她尽力了，这也就够了，我还有什么理由打她呢？

戒尺掉到地上，笔直地伸着懒腰，我想，该让我的戒尺去睡觉了。

第二天早晨，我在我的书桌上看到了女儿的一个作业本，作业本是翻开的，显然是故意放在那里的。那是她有史以来，做得最好的作业，每一页都工工整整的，每一页都有一个大大的红色的“优”字。我想女儿一定是想让我相信，她也可以得“优”的，她也可以是个优等生。

我把那个作业本小心地收藏起来，我知道，我的女儿永远都是个满分的女儿。

戒尺不见了，这一次，是我自己把它藏了起来。我希望，这一辈子，都不要再找到它。

我的戒尺冷了，心却暖了过来。

››› 本文入选试卷现代文阅读真题

1. 文章第一段中“我忽然有了一种掉下悬崖的感觉”是一种怎样的感觉？
2. 文章哪句话与第二段划线句内容相呼应？它们的表达作用是什么？
3. “我的心仿佛被扎到了，很疼。”反映了我怎样的心理？
4. 女儿成绩并不理想，但结尾作者为什么却说“我知道，我的女儿永远都是个满分的女儿”？
5. 试分析下面句子加着重号词语的表达作用。

（1）我揶揄着一颗孩子的心，如同捏碎了一颗苹果。苹果的眼泪委屈地洒落一地。

（2）戒尺掉到地上，笔直地伸着懒腰，我想，该让我的戒尺去睡觉了。

6. 在教育孩子方面，作者最后想表达怎样的思想观念？

››› 原题名师解答

1. 对女儿深深的失望。
2. “我藏起来，是不想让爸爸的手再出血了。”或者“女儿藏起戒尺，原来是看不得我打自己。”作用：表现了女儿对我纯洁、善良的爱。
3. 女儿在父母的巨大压力下，失去自由，失去快乐，只有在去洗手间时才有自己的自由，才最惬意，女儿心中的这个秘密触动了“我”的心，让“我”很心疼她。
4. 因为女儿告诉我她已尽力，她又用作业向我表示她会尽最大努力成为优等生。我认识到，努力了的女儿在我眼中就是满分女儿。

5. （1）将孩子的心比喻为苹果，“捏碎”“洒落一地”形象地写出孩子心灵的脆弱，以及我对她的无情伤害。（2）将戒尺拟人，赋予他人的动作、情态，形象生动地写出戒尺用得太频繁了，不该再用了，该让它歇着去了。

6. 相信孩子，只要孩子尽力了就不要再施压、强求，孩子的心灵健康最重要。

陌生的康乃馨

河南中考语文模拟试题

母亲节的时候，母亲意外地收到了一个陌生人送来的康乃馨。里面夹着一封信，信皮上写着：妈妈收。

这是你们俩谁出的鬼点子？母亲一边微笑着望着我和姐姐，一边好奇地打开了信封。

“您不知道我是谁，但请允许我这样称呼您，妈妈！”

“我就是那个在您的小摊边上犹犹豫豫的小女孩，我手里攥着五毛钱，想买你的雪糕，可我的作业本用没了，这五毛钱还可以买两个本子的。我望着你的雪糕，舔着自己干裂的嘴唇，不忍离开。你看到我了，给了我一个大大的雪糕，还催促我快点吃，说，再不吃，就都被太阳公公给吃了。我笑了，那个雪糕真甜啊，上面有暖暖的奶香。”

哦，原来是那个可怜的“小不点”。母亲接着往下读，眉头却慢慢皱了起来，满是疑问。

“您不知道我是谁，但请允许我这样称呼您，妈妈！”

“我就是那个在你的小摊边摔倒的淘小子。我在大街上溜旱冰，溜得太快了，不小心撞到了你。你赶紧把我扶起来，送到诊所。你的伤比我严重多了，医生要给你包扎，你却说，大人皮厚，小孩皮嫩，先给孩子包扎吧。你摸着我的头，温柔地责怪我说，淘小子，以后在大街上可不许再溜旱冰了。撞到我算你好运，要是撞到汽车，小命就没了。”

母亲想起了这个淘小子，从医院出来以后，就没有再见到他。“没想到他还记得我。”母亲自言自语，却愈发地糊涂了，那么送花的到底是那个“小不点”，还是这个“愣小子”呢？

更大的谜团在后面。

“您不知道我是谁，但请允许我这样称呼您，妈妈！”

“我就是那个断了双腿，只能爬着走路的小乞丐。那天，你不仅给了我钱，还递给我一个大大的饭盒——那是你的午餐。等我吃完这最香的一顿饭时，你还给了我一副套袖，里面是厚厚的棉花。那是你用一个中午的时间做成的，你说看到我的胳膊流血了，一定很疼，让我以后‘走路’时套上它，就不会再磨破胳膊了。”

“真的不是你们两个搞的鬼？”母亲望着我和姐姐，再一次问道。我和姐姐也被弄糊涂了，一个劲地摇头。此时此刻，我和姐姐除了疑问，更多的是愧疚。母亲节，怎么就忘了给母亲礼物呢？

那这个人到底是谁呢？他又是怎么知道我做过的这些事情呢？母亲忍不住接着往下看，真相渐渐浮出了水面。

“看着您每天忙忙碌碌的身影，像极了我的妈妈。所以，我就把您当成我的妈妈，每天能看到您，心里就会暖暖的。所以，请您替我收下它好吗？母亲节，我很想送给我妈妈一束康乃馨。可是她去了天堂。”

母亲一下子想到是谁了。那是母亲的“跟屁虫”，母亲走到哪里，她就跟到哪里。那是个坐着轮椅爱看书的小姑娘。她的妈妈去世两年了，她活在忧伤的潮水里，不能自拔。母亲有空就和她聊天，逗她开心。时间长了，小姑娘开始依恋母亲了。

母亲做的那些事情，她都看在眼里，留在心中。

我和姐姐愈发愧疚了，母亲做的这些事情，我们竟然一点都不知道。平日里我们只知道母亲很忙，忙得不可开交，忙得忘记了对我们说爱，以至于常常对母亲生出抱怨。殊不知，母亲是如此伟大，让我们自豪。她忙忙碌碌，因为她是撒播爱的天使啊。

我推开窗子，拿着那束康乃馨，对着正在院子里晒太阳的坐在轮椅里的小姑娘使劲地喊："你的妈妈收到你的花了，你的妈妈让我告诉你，她爱你。"

小姑娘仰着脸，笑了，很灿烂的笑，连着我手中的康乃馨，满世界姹紫嫣红！

本文入选试卷现代文阅读真题

1. 第九段说"母亲做的那些事情，她都看在眼里，留在心中"，纵观全文，请简要概括一下"母亲"做了哪些事情让那位坐着轮椅的爱看书的小姑娘感动的？
2. 阅读第八段，结合全文试分析一下小姑娘为什么要送花给"我"的母亲？
3. 文章很多地方都反复出现"您不知道我是谁，但请允许我这样称呼您，妈妈！"这句话，这句话在文中主要有哪些方面的作用？
4. 文中结尾说："小姑娘仰着脸，笑了，很灿烂的笑，连着我手中的康乃馨，满世界姹紫嫣红！"你对这句话怎样理解？
5. 你从这篇文章中感受到了一位伟大母亲什么样的品质？在我们生活中和文学作品中也出现了许许多多伟大的母亲形象，让人感动。请你结合生活中的或文学作品中的一个例子来说说她们的动人之处。

原题名师解答

1. （1）母亲送雪糕给"小不点"吃；（2）母亲不顾自己的伤势让医生给小淘气包扎伤口；（3）母亲把饭给断腿小乞丐吃送给他一个套袖保护胳膊；（4）母亲经常陪失去母亲的小姑娘聊天。（四件事情都概括完整，语言简

练连贯的得4分）

2. “我”的母亲对小孩子的种种关爱行为让小姑娘很感动，借母亲节这个日子送花表达她对“我”母亲的感激之情；例外，小姑娘的母亲已不在了，小姑娘想借此来表达对自己母亲的思念之情。

3. 主要作用：（1）结构上，设置了悬念，照应“陌生的康乃馨”这个题目，引出母亲对孩子们做的每一件事，使文章条理更清晰（2）内容上，更加深刻表达出小姑娘对我母亲的感激之情和对自己母亲的思念，以及对母爱的强烈渴望。

4. 小姑娘笑了是因为我的母亲收下了她的所送的花和祝福，她的感恩的愿望终于实现了，她得到了她渴望的母爱；而我的母亲充满爱心，就像手中的康乃馨一样动人，世界正是因为有了她们这些充满爱心和感恩之心的人而显得分外美丽！

5. 本题是开放性的。第一问示例：文中的母亲有爱心，乐于助人，关爱小孩的高尚品质。第二问是额外加分的题目，只要结合到具体的例子，并且谈到例子中的母亲的具体品格（即动人之处）即可。

梦是夜的花朵

①最近孩子睡觉特别早，而且总是说梦话，像是在和一个人聊天的样子。

②自从孩子的妈妈去世后，我明显地感觉到她变得不愿说话了，从前那个好动的女孩子一下子变得文文静静。我多么希望她还像以前那么淘气啊，到处翻弄她收藏的“破烂”，自己玩“过家家”，把自己的屋子弄得像个猪窝。现在，她的屋子干干净净的，却少了一份孩子该有的活泼。

③在妻子离去的日子里，我的心常常被思念撕咬着。但我尽力不让女儿看到我的悲伤，总是趁洗脸的时候，把泪水偷偷地运送出去。但孩子似乎一下子懂事了，她怕我伤感，很少和我提起她的妈妈，甚至，连书桌上那张她妈妈的照片也被她放到了相框背面，正面依然是阳光灿烂的她自己，在花丛中翩然如一只欲飞的蝴蝶。

④我给她租各种动画片光碟，在电脑上下载游戏，想尽办法让她玩。可她好像突然对这些都没了兴趣，每天回来就埋头写作业，然后就嚷嚷着要睡觉。

⑤对于女儿的这些变化，我有些不安，担心长此以往孩子会生病。周末，我领她去吃肯德基，她一个劲地问我几点了。我对她说，今天是周末，作业可以明天写，今天多玩一会儿。她却用不容商量的口气对我说，八点半必须到家。到家后，她看了看表，连澡都没洗就迫不及待地钻进了被窝。我有些疑惑，女儿小小的心里似乎藏着什么秘密。

⑥我想孩子的心理一定出了问题。我带她去看了心理医生。医生说这是典型的忧郁症，是失去了最亲近的人导致的。医生建议我多陪陪孩子。那样有利于她早日从伤心的泥沼中爬上岸来。

⑦她生日那天，我领她去滑旱冰，难得看到她那样高兴。看着女儿像一只羽翼渐丰的雏燕，学着飞翔，我的眼里蓄满了泪。孩子，这才是你应该过的生活。那些生活的苦难，不应是你这样一颗幼小的心灵该承受的啊！

⑧可是她并没有忘记她的睡觉时间，滑了一会儿，她就问我几点了。我故意骗她说刚刚七点。她玩得很开心，笑容灿烂，如圣诞的烟花。

⑨回到家的时候，她看到闹钟显示已经十点多了，马上问我是不是她的闹钟出了毛病。我点着她的小脑袋．笑着说："小傻瓜，爸爸骗你的。今天是你的生日，又是周末，就是想让你多玩一会儿……"没想到还没等我说完，她就"哇"的一声大哭起来，令我手足无措。

⑩"今天是我的生日，妈妈看不到我。会很伤心的……"她伤心地哭着说，"在医院最后一次看妈妈的时候，妈妈对我说，每天晚上九点都会到我梦里来看我，我们还拉了钩呢。"

⑪原来，这就是孩子的秘密！

⑫我眼前浮现出妻子临终前那张苍白虚弱的脸上尽力露出的微笑，看到她艰难的伸出她的小指，和女儿拉钩，许下她们相约的诺言：每天晚上九点，在梦中，不见不散。

⑬为了这个约定，女儿始终坚持晚上九点之前睡觉。

⑭我为女儿铺床的时候，一眼便看到了她的妈妈。原来，女儿把妈妈的照片放到了相框的背面，是为了能在睡觉的时候更近地看到她啊！梦真是一件神奇的宝贝！白天丢掉的，可以在梦里捡回来；现实中没有的，可以用梦补上。

⑮夜里，我蹑手蹑脚地去女儿的小屋，小心翼翼地给她盖被子。我怕惊动她，她现在一定在和她妈妈玩耍，或者赖在妈妈的怀里缠着妈妈给她讲故事。我看着她甜甜的微笑着的脸，在那个梦里，慢慢绽放成花朵。

本文入选试卷现代文阅读真题

1. 读完全文，你是怎样理解文题含义的？
2. 父亲为了解开女儿的心结，倾尽了心力，想尽办法让她玩，领她吃肯德基、(　　)、(　　)；女儿为了信守约定，改变了自己：睡得早、(　　)、(　　)。
3. 联系上下文，品味第③段中加点词语（或短语）。

   撕咬：

   偷偷地运送：
4. 第⑦段中划线句“我的眼里蓄满了泪”蕴含了丰富的情感，既有____，又有____，还有____。
5. 这篇文章在写作上较明显的特点是多处使用伏笔和照应，请找出两处不同方面的伏笔，并说说使用伏笔的作用。
6. 文中的孩子患有忧郁症，为了“使他早日从伤心的泥沼中爬上岸来”，如果你是她的朋友，你该怎样劝说她？

原题名师解答

1. 女儿用梦寄托对母亲的思念，靠梦境享受母爱的美好。

2. 带她看医生　领她滑旱冰　不愿说话、变得文静　对玩不感兴趣　把屋子收拾得干干净净　很少提她妈妈　每天回家就埋头写作业

3. 写出了“我”对妻子思念的痛苦之情表现了“我”掩饰悲伤的心理。

4. 难过（不安、担心）高兴（开心）期待（希望、期许）。

5. 第一处：最近孩子睡觉特别早（总是说梦话，像是在和一个人聊天的样子。）或者：八点半必须到家。（到家后，她看了看表，连澡都没洗就迫不及

待地钻进了被窝。）

第二处：相框（连书桌上那张她妈妈的照片也被她放到了相框背面）

第三处：秘密（女儿小小的心里似乎藏着什么秘密。）

（三处任选两处即可）

向日葵

风，挡住了季节，挡住了一棵向上生长的心。

一个晒太阳的囚犯，闪着光秃秃的脑袋，呆呆地注视着刚刚粉刷过的墙皮，好像在阅读一张旧广告，孜孜不倦。

囚犯每天出来放风的时候，都会呆呆地注视那面墙。士兵向监狱长报告，说他有轻生之念。在这之后的一段时间里，监狱长绞尽脑汁，想出各种各样的办法，试图打消囚犯的轻生之念，但是毫无结果。

就在监狱长一筹莫展的时候，情况发生了一些变化。在靠近墙根的地方长出一棵向日葵是高墙内唯一的绿色。监狱长奇怪地发现，那个囚犯不再盯着那面高墙了，而是把目光转向了这棵向日葵。向日葵一天天地长高，监狱长在囚犯的眼神中看到了一棵小的向日葵。

"这是最后的机会了。"监狱长忽然又看见了希望，他叫人把那棵向日葵围栏围了起来。

监狱长的心暂时平静了一些，现在他要做的，就是让人无论如何也要看护好那棵向日葵

一天深夜，狂风伴着骤雨席卷而来，电线全被吹断了。在这之前，上级曾来电命令，严密看管狱中囚犯，以防他们越狱。果然不出所料，囚犯趁混乱之机，带上几根早已准备好的绳子，向墙外爬去。由于匆忙，绳子没有系牢，他

重重地摔了下来，却摔在一个人的身上。

那个人就是监狱长，他被砸得不轻。原来，他怕大风把那棵向日葵怕骤雨将一颗向上的心熄灭，所以用身体护着那颗向日葵，碰巧将这个越狱逃跑的家伙逮个正着。

“你护着这棵向日葵干什么？”囚犯自认倒霉，并有些不解地问道。

“因为它给你带来过希望，不是吗？”监狱长说道，“迟早有一天，它会高过这面墙的。”

第二天，监狱长并没有向上级汇报囚犯越狱这件事，只是简简单单地汇报说，一切正常。

监狱长领着囚犯的孩子来看他，囚犯不敢相信一个犯人的孩子竟然有人来关爱。监狱长在囚犯入狱那天起就把孩子接到自己家里，并给了孩子以全方位的照顾。“你看，孩子期末考试考了个双百分呢！”囚犯握着试卷的双手在抖，一滴泪在经纸上迅速洇开了，形状竟像一个展开笑脸的葵花。

向日葵又长高了，需要仰望了！

一天，监狱长拎了一瓶酒来找他，“庆祝一下，”监狱长说，“向日葵终于高过那面墙了！早上我特意搭梯子量过的。”

囚犯真正快乐起来了。向日葵长高了，他的心也一点点靠近了太阳。

监狱长在向日葵生长的地方刨出了一小块地，然后发给监狱里的囚犯每人一粒葵花籽。他让他们种下一个希望，让向日葵和他们的心一起生长，一起品咂出快乐的滋味。

囚犯出狱那天，监狱长在身后送他。监狱长生得很矮，给人一种很敦实的感觉。可是阳光却将他的影子抻得很长，像一株顽强的植物，像那棵向日葵，高过墙的向日葵。囚犯冲着他长久地鞠了一躬。当他转身走掉的时候，那个向日葵的影子却像穿了鞋子一般跟着他走，走进阳光中去，走到生活中去。

本文入选试卷现代文阅读真题

1. 第一段里说墙“挡住了一棵向上生长的心”，为什么用“棵”而不用“颗”？
2. 第二段写囚犯晒太阳时看墙皮，“好像在阅读一张旧广告，孜孜不倦”，这一细节有何作用？
3. 监狱长的话“向日葵终于高过那面墙了！”运用的是什么修辞手法？有怎样的表达效果？
4. 文章结尾写道：“当他转身走掉的时候，那个向日葵的影子却像穿了鞋子一般跟着他走，走进阳光中去，走到生活中去。”这句话有何深意？
5. 这篇小小说采用两条线索齐头并进的方式展开情节，试写出小说的两条线索。

原题名师解答

1. “棵”本用于植物，移用于“心”，通过拟物的手法，将抽象事物形象化。
2. 具体形象地写出了囚犯的轻生，为囚犯向上之心的成长作铺垫。
3. 双关，不但如实地写出了向日葵长高了，也写出了囚犯的进步。
4. 囚犯带着积极向上的精神走进新生活，监狱长精心呵护、培育起来的希望之心将影响囚犯的未来。
5. 两条线索分别为向日葵的长高和囚犯希望之心的生成。

第五辑

一朵单眼皮的花

奔跑的花香

因为工作关系，我在单位附近临时租了一间房子，房子虽简陋，却不乏雅致，窗台上摆满了各种各样的鲜花。想必房东是个爱花之人，只是不知什么原因，房子空得太久，花也很久没人照应了，一个个颓丧地耷拉着脑袋，对阳光不理不睬，对新来的主人不理不睬。我对花草无甚兴致，就想把它们全都清除掉，妻子阻挠说："这里环境不好，养几盆花能让空气清新一些。"

妻是个喜花爱草的人，弄了些松软的肥土，把花们挨个地移植到新的环境中去，在她的精心侍弄下，奄奄一息的花们渐渐抖擞起精神来。

我对此颇为不屑，心想没必要替别人养着这些花，妻不同意这种看法，她说倒是应该感谢房东留下的这些花，让她有了一份好心情。不管我如何冷言冷语，妻照常我行我素。每天睁开眼睛的第一件事就是去为花们洗脸、梳妆打扮，乐此不疲。

妻要出门几天，临走的时候特意叮嘱我一定要照看好那些花，而且每天晚上给我打电话时都要问上两句，譬如"给花浇水了吗？""有没有花开"之类的话，听得两耳都生出了茧子。然妻子有命不得不从，只好从宝贵的业余时间里挤出时间来照看那些花。可是它们实在太娇弱了，有一盆叫不上名字的花又开始萎靡不振，耷拉着脑袋，对我不理不睬，对阳光不理不睬了。我怕妻怪罪，就偷偷地将它扔进了垃圾堆。

妻回来，看见她的花个个精神饱满、意气风发的样子，便用甜言蜜语奖赏我，几秒钟后妻发现少了一盆花，便扯着脖子喊道："那盆兰草哪去了？"

我想撒谎说送人了，可是妻的眼睛咄咄逼人。我像一个做了错事的孩子，不敢看她的眼睛。

妻在垃圾堆里找到了那盆花，令人惊讶的是，那盆花不但没死，而且开出了极灿烂的小花。妻小心翼翼地在垃圾堆里扒来扒去，万幸的是，它竟然完好无损地在我们面前绽放着笑脸。

"我以为……"我吞吞吐吐地说，"它活不成了。"

"有心栽花花不活，"妻忽发感慨，"人还有打蔫的时候，何况是花。它叫兰草，生命力强着呢，你看，就算在垃圾堆里，它一样能开出灿烂的花来！"

原来这就是兰草，我有些莫名的感动起来。我想到了妻。

妻是个环卫工人，每天早晨天还没亮就去扫那条又长又宽的大街。我曾想过托关系给她调换个工作，她不肯。"习惯了"，妻总说，"看着自己把大街扫得干干净净，这心也跟着干净、宽敞了。"我拗不过她，只好作罢。现在想想，妻不就是那盆兰草吗？平凡而普通，却静静地散放着属于自己的芳香。

我有些喜欢那些花了。现在我知道了它们的名字，知道了它们的喜怒哀乐，仙人球、仙人剑喜旱，阳光充足之地便是它们的天堂。绣球、蝴蝶梅、刺玫和灯笼则习性平和，那些犄角旮旯就成了它们的"五星级宾馆"。我和妻依着它们的习性，精心呵护着它们。因为这些鲜花，我们的窗台充满了生机。蜜蜂们禁不住花香的诱惑，流着口水成群结队地赶来，多情的蝴蝶也一双一对地翩然而至……

现在想想，养花还是有些好处的。在生活里放上几盆鲜花，阳光就会永远眷恋而又缠绵，在婚姻里放上几盆鲜花，会让爱情永远芳香怡人。这个城市的公园化建设正迅速地展开并且深入人心，在市中心，在公路两边，我们随处可以闻到花的芳香，随处可以目睹花的绽放，在忙忙碌碌的尘世，在奔跑的街道，这未尝不是一种慰藉，一种止住灵魂疼痛的摩挲。

因为工作关系，我们又要搬走了。临走，细心的妻找来一块木板立在花前，在上面写下：请照看好这些花！

我想，不管是谁接着住进来，都该好好地呵护这些花。美是属于一切人的，也需要一切人来呵护。有时，一枝玫瑰会拯救一场爱情；有时，一束康乃馨会安慰母亲苍老的心。

似乎是为了感激我们这些日子对它们的厚爱，就在我们搬家的那天早晨，那盆月季开出了两朵花，白色的那朵像沉睡的雪，红色的那朵像燃烧的火，我轻轻地捧着，嗅来嗅去。被妻看见了，她取笑我，说我现在的样子简直是个花痴。

本文入选试卷现代文阅读真题

1. 本文采用的主要写法有两种，他们分别是____和____
2. 在我们到来的前后，房子里的花发生了怎样的变化？
3. 妻子养花的初衷是什么？但是通过这次养花，“我”和妻子却从中领悟到了怎样的人生哲理？
4. 临走，细心的妻找来一块木板立在花前，在上面写下：请照看好这些花！请问妻子这个举动有什么特殊含义么？

原题名师解答

1. 本文采用的主要写法有两种，他们分别是（拟人）和（比喻）。
2. 花个个精神饱满、意气风发。
3. 美是属于一切人的，也需要一切人来呵护。有时，一枝玫瑰会拯救一场爱情；有时，一束康乃馨会安慰母亲苍老的心。
4. 这里环境不好，养几盆花能让空气清新一些。

时光不旧，只是落满尘灰

①那时我二十岁，却在经历人生的秋天，满目落红，遍地枯草，大有“晚景凄凉”的味道。在我自己看来，当时的窘境甚至不如隔壁的那个孤寡老人。

②他没有退休金，每日里靠拣拾垃圾艰难度日。喝酒算是他一天中唯一的一点乐趣吧。只有在喝点小酒的时候，那院子里才有了点儿活人的气息。那样的时候，我甚至能听到他哼着一些古老而神秘的曲调。

③他的院子里堆着的都是拣来的没来得及去卖的破烂，就是这廉价的破烂，竟然也遭遇了盗贼。那盗贼就是我。

④高考落榜后，父母让我去工厂做学徒工，我不去，关起门来坚持写作，梦想有一天可以写出名堂来。苍白无力的青春，空洞的辞藻，自然无法让我写出多么出彩的文章来。消极的我开始变得颓废，抽烟酗酒打架“无恶不作”，邻家隔几天就上门来和父母讨说法，父母气急败坏，不再给我零花钱，任凭我“自生自灭”。我要写稿投稿，没钱买稿纸和邮票，只好打了他的主意，因为我注意到，他那些垃圾里，有一些本子，是可以拿来用的。

⑤他并没有太严厉地呵斥，只是对我说：“你不好好读书，来这破烂堆里翻个啥？破烂就是破烂，还能翻出什么稀罕玩意来？”说完他就往那对破烂里一躺，和那堆破烂融为一体，好像要告诉我，那破烂是他的，也就他把那破烂当有用的东西吧。“嘿嘿，我也是个破烂。你来翻翻，看我口袋里有没有点儿

值钱的东西。”

⑥我的脸羞臊得通红，只好和他坦白，说自己看中了他拣来的那些本子。

⑦“不过话说回来，破烂也分两种，一种是完全没有用的，一种是还有一点利用价值的，比如我拣的这种，还是可以换回一点钱的。”那天他喝了酒，心情不错，没有和我发火。借着酒劲儿，还对我进行了一番教诲，“人啊，不管多糟糕，哪怕你狼狈得像个垃圾一样，只要用心，你也会是那可以回收利用的垃圾。相反，你若自暴自弃，沉沦堕落，那么你就是把自己扔进了不可回收的垃圾箱。”

⑧听着这话，一点不像一个拣破烂的老人说的，反倒像我的语文老师在课堂上给我讲的。

⑨为了“惩罚”我，他说，“去给我把窗玻璃给擦了吧，很久没擦了，都看不到外面的东西了。”

⑩我只好乖乖地就去擦玻璃。玻璃擦干净了，晦暗的屋子一下子亮堂了起来。他心情很好，招呼我喝一口。我捏着鼻子喝了一口，辣得不行，直吐舌头，他倒是乐得前仰后合。

⑪最后，他在自己的垃圾里仔细挑拣，把那些我能用到的本子都给了我。

⑫“该惩罚也惩罚了，不过你既然帮我把玻璃擦得那么干净，也得奖励奖励，这些就奖励给你吧。”

⑬我流着泪接过那一摞本子，脏兮兮、皱巴巴已近迟暮的本子，我却坚信自己，可以在那上面写出干干净净，青春靓丽的文字来。

⑭一度以为，自己荒废了光阴，不可救药。但这个可敬的老人让我知道，时光还没有被我用旧，只是蒙上了一层灰垢而已。只要用心去擦一擦，那隐匿起来的时光随时都可以亮洁如新。

本文入选试卷现代文阅读真题

1. 请用简洁的语言归纳本文所写的事情。
2. 文中这位老人的可敬可爱表现在哪些方面?
3. 请从写法和内容两个方面赏析文中的句子。

①那时我二十岁，却在经历人生的秋天，满目落红，遍地枯草，大有“晚景凄凉”的味道。

②最后，他在自己的垃圾里仔细挑拣，把那些我能用到的本子都给了我。

4、结合生活体验，说说第⑦段画波浪线句子给你什么样的启示。

原题名师解答

1. 颓废的“我”遇到一位靠拾垃圾艰难度日的老人。在他的启发下，“我”决心重树自信，振作起来，走出人生的低谷。（或：一位老人靠拾垃圾艰难度日，却乐观自信。这使颓废的“我”决心重树自信，振作起来，走出人生的低谷。）
2. ①虽生活“狼狈”，却乐观自信；②对“我”偷本子的行为，能宽容以待，体现他的善良宽厚；③对“我”，既有“擦窗户”的惩罚式教育，更有“奖本子”的激励与帮助，是个富有智慧、善于启发的老人；④幽默风趣，和蔼可亲。
3. ①句：采用比喻修辞，形象生动地写出“我”消极、颓废的人生窘境。（或：设置悬念，总写“我”的消极、颓废，为下文偷本子、遇老人等情节作铺垫。）

②句：动作细节描写，体现老人对“我”真诚、尽心的关心帮助，突出他的宽厚、热心。

4. 启示：人生境遇或顺利或窘迫，只有自我珍惜，自我努力，才能有所成就，实现自己的人生理想，成为对家庭、对社会有价值的人。生活体验：略

白天打扫，夜里祈祷

祖母走后，所有的光亮都减了一半。

从此，我总是喜欢躲在黑暗里哭泣。父亲摩挲着我的头，让我不要太过悲伤。白天，他为我拉开窗帘，让阳光赶跑暗；夜里，他为我打开灯，让灯光吃掉黑。

“为奶奶祈祷吧。”父亲说，“用你的祷告为她铺一条平坦的通往天堂的路。”

祖母是个勤快而干净的人。她很少闲下来，一天之中，手里大部分时间都拿着扫把，或是拿着一块抹布，把屋子里拾掇得窗明几亮。小时候，总是突发奇想：扫地的扫把会累吗？擦玻璃的抹布会疼吗？小孩子的心思就是怪，不心疼祖母，却心疼一只扫把，一块抹布，甚至天上的一朵云。“奶奶，我把那朵云摘下来，给你当抹布好不好。”那是孩提时自以为是的笑话，祖母却不笑，她说，“要把它留在天上，不然天空该脏了。”

祖母的命运，就像一只无底的杯子，从来没有填满过一次。

在那个年代，祖母被冠以“扫把星”的名号，“扫把星”都是“克夫”的，嫁给祖父之前，她已经接连“克死”了两任丈夫，且都没来得及留下后代。而最后，祖父也没能逃脱被她“克死”的命运，婚后便被征兵去了前线打仗并死在了战场。所幸祖母给爷爷留下了唯一的后人，也就是我的父亲。

打此之后，祖母也开始怀疑自己的命运。难不成自己真的是“扫把星”吗？她似乎认了自己“克夫”的命，再没有改嫁，专心养育我的父亲。她靠给别人洗衣服、糊纸盒维持生计，甚至去捡垃圾、当乞丐，直到把父亲养大成人。父亲一寸寸地长起来，祖母便一寸寸地矮下去，直到生命的消亡。

父亲说，日子再苦，他看到自己母亲的脸上，也总是闪着愉快的光。

祖母的苦，就像她衣服上的补丁，一块接着一块。可是祖母衣服上的补丁，却并不难看，相反，让人喜爱。她能将补丁缝补得如艺术品一般，让衣服上的一个个漏洞转眼间变成了一朵朵莲。我想，她对待衣服上的“洞”，一如对待自己的伤口吧，那些揪住她不放的苦，咬着她，让她千疮百孔，可是她懂得用一个个坚强的笑脸去缝补它们。

祖母一生都在不停地打扫，我想，那是她在努力打扫时光里的苦楚，擦拭命运里的阴霾吧，使一个个日子变得明亮而欢快。

祖母走的时候，背驼得几乎快挨着地面了，她在无限接近大地。这个不肯在命运面前下跪的人啊，一个躲闪不及就埋入了荒丘。

在祖母的墓前，我们放了一只扫把。我们每次来，都会把她的墓地打扫得干干净净，我们知道，祖母的一生，与灰尘为敌。因为她是一个扫把，是地面的云。

而云，是天空的扫把。

祖母走后，母亲接替了祖母的活计，母亲打心眼里一直看不惯祖母的“洁癖”，可是现如今，她的身上却越来越多地有了祖母的影子。经常映入我眼帘的影像是，母亲如一个奴仆，跪在地板上，擦拭着一地的碎语流光。母亲继承了祖母的干净利落，使得家里的物什总是闪着亮晶晶的光。我知道，那光里，亦有祖母的灵魂。这两个伟大的女人，正在将干净温暖的日子一脉相传。

如果有人好奇地问我，你为何如此快乐，你过着怎样的生活？我想我会怀着幸福的心告诉他：白天打扫，夜里祈祷。

白天可以仰望云朵，夜里可以看到月亮，这就是最简单的幸福了。云的使命，是让天空变得干净。月亮的使命，是让人间变得柔软。

“白天打扫，夜里祈祷，那岂不是修女一般的生活？”好奇的人不置可否。

我说是的，这修女一样的生活，看似枯燥无味，却在使这个世界变得洁白、纯净。白天因打扫而干净，夜晚因祈祷而温暖。

现在，想念祖母的时候，我就会抬头望天，看那一朵朵云。祖母在天上，肯定改不了爱干净的癖性，她肯定变成了一朵云，去做名副其实的“扫把星”了吧，她在天上忙着打扫，让天空一尘不染，甚至不留下鸟儿飞过的痕迹。

的确，祖母有必要留在天上，不然，天空该脏了。

››› 本文入选试卷现代文阅读真题

1. 阅读全文，说说题目“白天打扫，夜里祈祷”该如何理解。
2. 文章主要写祖母，但后面却写到了母亲，作者这样安排的用意是什么？
3. 结合语境，说说下面句子中的加点词语的含义。

   （1）祖母走后，所有的光亮都减了一半。

   （2）可是她懂得用一个个坚强的笑脸去缝补它们。
4. 品味下列句子，分析其表达作用。

   祖母的命运，就像一只无底的杯子，从来没有填满过一次。
5. 祖母是一个怎样的人？请联系文章具体内容进行分析。（要求至少分析到祖母两点核心的性格特点）

››› 原题名师解答

1. “白天打扫”指祖母喜爱干净，一生勤于打扫；也指祖母在坎坷的命运面前不屈服，依然井井有条地生活着。“夜里祈祷”指“我”为逝去的祖母祷告以寄托哀思；也指“我”借怀念祖母来回忆和品味生活的美好和温暖。

2. 第⑭段写了祖母去世后，母亲也变得勤于打扫，使家变得干净、温暖；表现了母亲对祖母性格的传承（或祖母对家人的影响之深）；侧面展现（或衬托）出祖母美好的品质；表达了对祖母深深的缅怀。

3. （1）指生活的希望与美好的寄托。（2）指消解和弥合命运带给她的苦痛和伤害。

4. 用了比喻的修辞手法，把祖母的命运比作无底的杯子，形象生动地写出了祖母命运多舛，表达了对祖母屡遭厄运的怜惜、心痛。

5. 要点：①坚韧顽强，不向命运低头；②乐观；③勤劳……

一朵单眼皮的花

花儿从出生起就没有见过爸爸。每次向妈妈问起爸爸的时候，妈妈情绪总是很激动。后来从邻居处得知，爸爸和一个年轻漂亮的“小妖精”好了，就不要她和妈妈了。听到这些，她那小小的心结了霜，就像秋寒中的一朵小花儿，弥漫着一圈忧伤的雾霭。

从那以后，花儿不再向妈妈问起爸爸，如果不小心将话题绕到这上面，她也赶紧岔开。

花儿心疼妈妈的辛苦，尽量多干一些家务，除此之外，她全部的时间都用来学习，因为每次只有拿出成绩单给妈妈看的时候，才能看到妈妈脸上绽放出久违的笑脸。

“妈妈多好看啊，大酒窝，还有双眼皮儿。”每每这个时候，她总在心底不自觉地想。

“妈妈，怎么你是双眼皮儿，我却是单眼皮儿呢。单眼皮儿不好看，我想要双眼皮儿。”

“宝贝，还没到时候呢，你现在啊，就像是还没有完全发育好的花朵，等你大了，自然就有双眼皮了。不管是随我，还是随你爸爸，你都应该是双眼皮的。”

妈妈还是不自觉地提到了爸爸，那一刻，她们彼此望了一眼，愣了一下，继而心照不宣地绕过去。尽管如此，花儿的心还是被一股小冷风猛地抽打了一下。

在大街上，饭店的橱窗里，总能看到一些爸爸妈妈领着孩子一家三口其乐融融的情景，这时候她就会呆呆地望着，心底又流了泪。如果有爸爸在，她该多么幸福啊。现在，她孤单地站在那里，薄薄的，像一片叶子，就算是大热天，也打着冷战。

转眼就上初中了，花儿仍旧还是单眼皮儿。

一次作文的题目是“我的父亲”，她，难住了。她终没有落下一个字，空空的白纸像一片雪地，没有一个脚印，只有一个大大的泪痕。

老师是个细心的人，她望着花儿的稿纸，抚摸着那滴泪痕，她想，花儿一定是个伤心的孩子。

“我不敢相信，这个作文能难住你。”在办公室，老师问花儿。花儿眼圈红红地说，从小就没见过爸爸，不知道爸爸的样子。

是啊，其他的或许可以杜撰，可是这个爸爸却无法虚构。老师把哭泣着的花儿紧紧抱在怀里，不停地摩挲着她的头，老师是打心眼里疼爱着乖巧的花儿。

一次开班会，主题是“孝敬父母”。那天，教室里气氛热烈，孩子们纷纷谈论着自己的爸爸妈妈，讲自己在家里和爸爸妈妈相处的情形，只有花儿，始终低着头，一言不发，她害怕同学们问她关于爸爸的话题。父母是孩子的两个翅膀，而她只有一个，所以飞得很笨拙，很难看。

可是终究还是没有躲过，老师点了她的名字。她嗫嚅着，不说话。

“别怕，孩子，说吧。”老师不停地鼓励着她。她想不明白，老师为什么非要和她过不去，非要在同学面前揭她的短呢！

“我没有爸爸，只有妈妈。”她鼓足了勇气说道，“所以我会更好地孝敬妈妈。”

教室里先是静了一下，然后就喧哗起来，她看到同学们脸上既有同情又有鄙夷的神色。

“同学们，”老师说道，“花儿同学虽然是单亲家庭的孩子，但是她用行动证明了自己，她一样可以成为一朵饱满的花儿，尽管暂时还是单眼皮儿。”同学们都被逗笑了。她也笑了，从小到大第一次如此纵情彻底地笑。

那天晚上，她在日记中写道：今天我才知道，原来，单眼皮儿的花，也可以成为天底下最美丽的花儿，只要你肯走出阴霾。妈妈、老师、同学……多么密集的阳光啊，呼啦啦的一下子围上来，张着柔软的触手，一寸一寸暖我……

本文入选试卷现代文阅读真题

1. 本文贯穿始终的线索是什么？它在文中的作用是什么？
2. 说说下列句中加点的词在文中的含义。

（1）因为每次只有拿出成绩单给妈妈看的时候，才能看到妈妈脸上绽放出久违的笑脸。

（2）父母是孩子的两个翅膀，而她只有一个，所以飞得很笨拙，很难看。

3. 选取一个恰当的角度赏析下列句子的妙处。

（1）她孤单地站在那里，薄薄的，像一片叶子，就算是大热天，也打着冷战。

（2）妈妈、老师、同学……多么密集的阳光啊，呼啦啦的一下子围上来，张着柔软的触手，一寸一寸暖我……

4. 结尾写道“单眼皮儿的花，也可以成为天底下最美丽的花儿，只要你肯走出阴霾。”请谈谈你对这个句子含义的理解，并结合自身实际谈谈你在生活中遇到“阴霾”时是怎么走出来的。

原题名师解答

1. 单眼皮儿的花，作为线索贯穿全文使结构更加完整，条理更加清晰；揭示人物性格由自卑到自信的成长过程；点明主旨——单眼皮的花儿一样可以是美丽而饱满的。
2. (1)“久违”这里意思是很久没看到，写出了母亲一个人负担家庭的操劳与辛苦，反映了女儿的懂事和乖巧，表现了母亲对女儿的爱。

⑵“笨拙”这里意思是呆笨拙劣不灵活，写出了花儿因羡慕别人家庭幸福而深感落寞的心情，表现出花儿的自卑。

3. ⑴比喻，将花儿比作薄薄的叶子，生动形象地写出了花儿没有父亲感觉孤单的样子（或对比，句中把“大热天”与“打冷战”进行对比，强调花儿面对别人家庭完整和睦时的孤单的感受），表现了花儿在单亲家庭的命运打击下内心的痛苦无助，表达了花儿对完整家庭完整的爱的渴盼之情。

⑵比喻，将妈妈、老师、同学比作密集的阳光，生动形象地写出了花儿走出了没有父亲的阴影、感受到了身边的爱，表现了花儿由自卑成长为自信，表达了花儿对人生充满了热爱。

4. 含义：“阴霾”指困境、阴影等阻碍自己成长的外界因素。意指即使暂时不完美，暂时有缺憾，只要勇敢面对，勇于争取，总有一天会走出困境，如愿以偿，享受生命的美丽。第二问结合自身生活实际，阐述务必准确流畅。

睡在炊烟里的母亲

①摸着黑回家的母亲，与黑暗融为一体，像一片不被人知的最单薄的影子，贴着地面，缓缓蠕动。

②母亲老了，总是遗忘。晾晒的衣物忘了在下雨前收回，莫名其妙就弄伤了手脚，衣服上的扣子去向不明，做饭糊锅的次数越来越多……有人说，这是老年痴呆症的前兆，的确，现在的母亲，有时候甚至分不清左手和右手。

③唯一忘不掉的，是她自己的孩子。三个儿子，三颗骄傲的星星。三个女儿，三件贴心的棉袄。忘不掉孩子们的生日，大概她也知道自己的记性不佳，便在日历上找到那些日子，然后叠起来，用以提醒自己。

④除了儿女，母亲的口袋空空如也。

⑤如今，儿女们如鸟一样飞远，母亲的桌上只有一双孤独的筷子。母亲，被冷落在遥远的炊烟里，一转身又是一年。

⑥看到炊烟，就看到母亲了。我总是这样想，并习惯了这样去看每个人家的炊烟：炊烟缓缓，那一定是孩子们都在母亲的怀里，母亲用她的安详笼罩着孩子们的美梦；炊烟凌乱，那一定是孩子们迟迟未归，母亲牵肠挂肚，急得在院子里打转。

⑦那时，我就是个喜欢疯跑的孩子，也是喜欢哭泣的孩子，满脸鼻涕的孩子。可是，母亲依然会毫不犹豫地、深深地吻下去。

⑧一丝风也没有的时候，炊烟笔直笔直的，那很像年轻时候的母亲，身材高挑，相貌出众，被村里无数后生的眼睛偷偷地打量过。

⑨可是一阵风就会将那笔直的身段吹弯，就像现在佝偻着的母亲。原来，炊烟也是会老的啊。母亲，用褶皱、用后半夜的一盏油灯、用老花镜、用哆哆嗦嗦的手、用手上的针线……爱着我们，却极力不发出声来。哪怕一声轻咳，都埋在一块柔软的巾帕里。

⑩驼背的母亲，离土地越来越近。我担心有一天，她的头会低得触到地面，那是母亲的句号。如果耳背的上帝还能听见我的祷告，我不祈求风调雨顺，不祈求鸿运当头，只求让母亲可以伸直了腰身，好好地伸个懒腰。

⑪柴米油盐，是这一生和母亲最亲密的事物。厨房是母亲的舞台，围裙是她的道具，锅碗瓢盆是她的乐声。即便在艰苦的日子里，母亲也总是认认真真地做饭，从来不对付。都说巧妇难为无米之炊，可是母亲却不一样，没看见她用了多少食材，却总能变着花样地做出许多可口的饭菜来。母亲在厨房里劈啪作响，把贫苦颠得上下翻飞，把日子炒得香滋辣味。灶台底下的火焰，总是忍不住蹿出来为母亲鼓掌。

⑫而从灶台下欢快地跑向屋顶的炊烟，是缠绕在母亲手上的戒指，一生都未曾褪下。因为，在母亲的指缝间，我总能闻到葱花的味道，家的味道。

⑬炊烟，就这样在我的目光里一茬一茬地熄灭，又一茬一茬地升起。

⑭今夜，我想念母亲。可是我无法回到她的身边，唯有希望故乡的风能轻一点儿，别把我家的炊烟吹得东倒西歪。因为母亲在炊烟里睡着，她累了，让她多睡一会儿吧，借着炊烟的暖。

本文入选试卷现代文阅读真题

1. 给加点字注音。

蠕（　）动　佝偻（　）

褶（　）皱　一茬（　）

祈祷（　）

2. 请问第②段与第③段在内容上是否矛盾？为什么？

3. 文中划线句“如果耳背的上帝还能听见我的祷告，我不祈求风调雨顺，不祈求鸿运当头，只求让母亲可以伸直了腰身，好好地伸个懒腰。”表达了“我”怎样的思想感情？

4. 文章很多句子富有诗意美与情感美。请赏析第⑪段中“厨房是母亲的舞台，围裙是她的道具，锅碗瓢盆是她的乐声”一句。（从修辞和表达效果两方面入手）

5. 请用简洁的语言概括文中母亲的形象。

6. 你认为该文题目好不好，说说你的理由。

原题名师解答

1. rú lóu zhě chá dǎo

2. 不矛盾。母亲因年迈总是遗忘自己生活中的事，但却忘不了自己的孩子，对比中更突出了母亲对孩子的牵挂和疼爱。

3. 写出了“我”对年迈母亲身体状况的担忧，表达了“我”对母亲的感恩与敬重，强烈抒发出“我”对母亲的怜爱和美好祝愿。

4. 修辞手法：比喻、排比；表达效果：生动形象地写出了母亲甘愿为一家人做饭的喜悦场景，做饭一景足以见证母亲持家的勤劳付出。

5. 不辞辛劳、疼爱孩子胜似关心自己。

6. 示例：题目形象地突出了母亲勤劳的品格，具有“文眼”的作用。

童年的药箱

子轩有一个小小的药箱，那是他从童年带过来的。那里面藏着一个除了他自己，没有人知道的秘密。

一岁的一天，他用一把小锤子敲了几下自己的手心，有点疼。他觉得很刺激很好玩，又多打了几下，大人们并没有斥责他，却也没有人过来疼惜他，都只是摸摸他的头，报之一笑：这孩子，多调皮。他心里忽然有点不愉快了，如果母亲在，一定会奔跑过来，把他的小手握在她温暖的手里，递到她的唇边，不停地呵着气。而自己却得意地笑着，因为一点都不疼，反倒被母亲弄得有点痒痒了。

他突发奇想，他想如果砸的是手背呢？劲再使得大一点，会不会很疼？会不会流出很多的血？那样就可以得到大人们的关爱了吧，也就可以不去上学，在家里可劲地玩积木盖房子了。

他为自己的想法激动不已，他在等待着某一天来实施他的计划。

他提前给自己做好了准备，给自己预备了一个小药箱，里面有止痛药和纱布，他想万一血留多了，人就会死掉的。所以自己要在流血的时候给自己包扎好，这可不是闹着玩的。

子轩的母亲在他六岁的时候因为一场大病撒手人寰，现在这个照顾他生活起居的女人是他的父亲给他找的继母。他的心思很重，仿佛把自己与世界隔绝开了。妈妈走了，他想再没有人来爱他了。

他从来没有叫过那个女人一声妈，而那个女人似乎也不在乎这些，每天只管埋头在厨房研究她的菜谱，她做的菜倒是蛮好吃的，而且一周保证每一天的菜式都不一样。她没有工作，就这样把自己喂得很肥，在他眼里，她不过是自己嘴馋而已，一个典型的好吃懒做的女人。

可就是这个女人唯一值得称道的厨艺，近来也是大打折扣，不再像以前那么好吃了。

有一天，他无意间听到父亲在厨房里对着她抱怨："最近的菜好像不大合口呢？"她压低了声音说，"孩子正是长身体的时候，我得尽量为孩子搭配一点有营养的东西。"

他的心，在那一刻忽然就变得柔软起来，这个在他眼里好吃懒做的胖女人，原来一直是在关心自己的啊。尽管母亲不在了，但自己不是一样健健康康地活着吗？继母给自己织的毛衣、手套，每天准时准点的早餐晚餐，井然有序的生活本身，就是对每个家庭成员的一种爱护。

她总有看天气预报的习惯，如果预报了哪天有雨，哪怕那个早上是晴朗的，他的书包里也肯定会装着一把雨伞。北方是节气最明显的地方，冬天的大寒和小寒冷得都不一样。那个女人每个冬天都会给他做两条棉裤，一条薄一些，一条厚一些。每天放学，她都会把他鞋子里的鞋垫掏出来扔到炕头上，把他的鞋子拿到炉子边上烘烤；每天早上，帽子、围脖和手套，在她的监督下，没有一次忘记戴的，那些冷冽的天，他从来没有挨过冻。

人生就像滑梯一样，那些快乐的尖叫仿佛还没有完全散去，子轩就从童年滑了下来，并快步走上了另一座滑梯：少年。少年是喜欢看云的，每一片云都那么洁白，每一片云都像极了妈妈的脸。若干年后，他从这座滑梯上滑落下来，尽管有些不情愿，但还是被赶上了青年的滑梯。他的那个冒险的计划一直没有来得及实施。他的生命完好无损，每一次滑落都没有受到一点点伤害，他忽然快乐地想，自己有什么理由不快乐呢？那温柔地呵护着他的继母的手，已牢牢地将他围在温暖的篱笆里，让他安然度过了他的每一天。

他就那样健康地走过来了，他永远用不到那个给自己准备的药箱。因为妈妈一直都没有逝去，只是换了一张面孔而已。

››› 本文入选试卷现代文阅读真题

1. 从童年到青年，子轩的心情有什么变化？为什么会产生这种变化？按要求填空。

   童年心情：（ ）

   少年、青年心情：（ ）

2. 全文一开始就说“那里面藏着一个除了他自己，没有人知道的秘密”，结合全文内容，说说是一个怎样的秘密？
3. 第五段叙述“母亲在他六岁的时候因为一场大病撒手”的事，这是一种怎样的记叙方法？在表达上有什么作用？
4. 谈谈你对第十段的理解。

››› 原题名师解答

1. 童年心情：感到没有温暖，缺少关爱

   少年、青年心情：感到快乐，感到幸福。

2. 他想通过伤害自己引起别人对他的注意，对他的爱。
3. 插叙。其在文章中的作用是（1）对主要情节起补充衬托的作用。（2）起到解释说明的作用。（3）推动情节发展，更好的突出人物的性格。
4. 继母对他细致的呵护，无微不至的爱，让他感受到了温暖。

闻一闻父亲的味道

我有一位生性懒散的同事，因为平时工作清闲，他每天到单位点个卯，然后就溜出去打打麻将，喝喝小酒，每日里逍遥自在地过活。

可是这几天，这位仁兄不知怎么了，突然开悟了一般，不但按时上下班，还捧着一本《唐诗三百首》摇头晃脑地背个不停。问其原因，竟然是因为他上初中的女儿在背诵《兰亭序》的时候，正好他会那么几句，就脱口背了出来。女儿则大声地惊呼“老爸，原来你还是蛮有味道的嘛！”

一直以来，在女儿心目中，他都是庸庸碌碌的一个人，“就为了女儿的这一句夸赞，我兴奋了好久。”他有些不好意思地说。

从那以后，他不再打麻将，不再喝小酒，所有的时间都用来背古诗文，现在，他已经能把《唐诗三百首》背得滚瓜烂熟了，下一步，他还准备背整本的诗经呢！

他说，“我不能让女儿觉得我是个庸俗的爸爸，我得做个有味道的爸爸。”

孩子上高中了，按理说不用接送的，可是接孩子的人还是络绎不绝，黑压压一片。

每天晚上九点，我都去准时接孩子。在接孩子的队伍中，有一个男人总能引起我的注意，大概是他的长相让我专注吧，他个子极矮，大概只有1.5米左右。肚子却不小，看上去应该是某个单位的小领导吧，应酬或许多一些，几乎每天都能感觉到他喝了酒。可是他从来没有耽误过接孩子，只要我在那，就能看见他，时间长了，彼此熟络，也就时不时地交谈几句。

有一天，他实在喝得有些多，东摇西晃的，站都有些站不稳，我开玩笑说，你这状态接孩子，是你保护孩子啊，还是让孩子保护你啊。他笑了笑说，不管咋样，只要能让孩子看到我就行。

他还有些不无得意地说："俺那孩子都习惯了，知道他爸爸身上就是这个味儿。"

中考的时候，许多家长都守候在校门口，尽管看不到孩子，可是仍然固执地站在炎炎烈日下，以为这样就是在给孩子鼓劲加油。我也是其中之一。

我看到一个家长，从孩子进入考场到考试结束，整个人没有消停过，不是碎嘴子般和人说这说那，就是一趟趟地往超市跑。想起孩子爱吃什么，就跑去买什么。早上来的时候，他带着冰镇的矿泉水，可是到了中午就不凉了，他就跑到超市里去换一瓶凉的。他的袋子里满满的装着都是各种零食，真不知道他的孩子到底长了多大的胃。光是营养快线，他就买了不同的五种味道的。"不知道她喜欢哪一种味道的，我就干脆都买了回来，让她自己选吧。"

尽管我是极其看不惯这种对孩子宠溺的家长，但还是被他震了一下，那五种味道的营养快线其实只有一种味道，父亲的味道。

从考场出来，我和女儿走在回家的路上，路过一个工地，跑过来一个民工，一边擦拭着额头的汗水一边向我女儿打听考试的情况。

A "今年的试题难不难啊？作文是什么题目啊……"他接二连三地问，问得很仔细。

女儿一边回答一边好奇地问他为什么问这些呢？

他说他的孩子也是今天考试，可是他要干活，没有时间陪他。"关键也是不好意思，你看我穿成这样，站在校门口，不是给孩子丢人吗？"他谦卑地微低着头说，“看你多好，有这么体面的爸爸陪你考试。”

工地上有人喊他回去干活，他向我们道了谢，急匆匆地跑回去。空气中留下咸咸的汗水的味道。父亲的味道。

过年的时候，父亲不小心在雪地上滑倒，扭伤了脚踝。往常的年夜饭，总是少不了父亲做的那道最拿手的美味咖喱鱼，那也是我们最爱吃的一道菜。今年父亲无法再为我们做了，看到我们失望的脸色，父亲说，这还不好办，我怎么说，你们怎么做。

父亲就现场指导我们做起了美味咖喱鱼，什么样的火候，放什么样的调料，我们照着父亲说的步骤仔仔细细地去做。B鱼端上桌的时候，父亲尝了一口，点点头，向我们竖了竖大拇指，说，简直一模一样！

可是我们吃着，却总觉得差了那么一点点味道，不是忘记了放哪个调料，而是我们知道，那里面少了父亲的味道。

闻一闻父亲的味道，梦是香甜的，人生也是香甜的。

››› 本文入选试卷现代文阅读真题

1、文章以“闻一闻父亲的味道”为题记叙了四件事，请你用简洁的语言概括其他两件事。

①“我”的同事因女儿夸奖而养成了背诗的习惯。

②

③一个农民工向我女儿打听考试的事情。

④

2. 文章写了多位父亲的味道，请根据内容填写下面的表格。

	不同的味道	相同的味道
父亲的味道	①	
	②	
	③咸咸的汗水味道	
	④	

3. 文章在写第一位父亲时运用了怎样的写作方法？并具体说说其作用。
4. 请从人物描写方法的角度品析文中【A】【B】两处划线句。
5. 本文以“闻一闻父亲的味道”为题有何妙处？

››› 原题名师解答

1. ②一位个子极矮的父亲，即使醉酒，也按时去接上高中的孩子。
④过年时，受伤的父亲现场指导我们做美味咖喱鱼。
2. 不同的味道：①充满诗意的味道、②满身酒气的味道、④充当美味调料的味道相同的味道：对子女浓浓的、无私的爱
3. 对比。将之前常常打麻将、喝酒与之后背诵《唐诗三百首》和《诗经》进行对比，突出了父亲可以因为子女而改变自己，进而表现出他们可以为子女付出一切的爱。
4. 【A】运用语言描写，生动传神地写出农民工父亲对试题的高度关注，表现了他对孩子的关爱。【B】运用动作描写，生动传神地写出父亲鼓励我们做菜成果的神情，表现出父亲因我们而自豪的心理，进而突出父亲对子女的深深的爱。
5. 贯穿全文的线索，它将文中的四件事串联在一起；标题形式新颖，吸引读者的阅读兴趣，揭示了文章的中心。

行走的心，不行走的风景

那一次去郊游，看到了笔直的松树、庄严的柏树，还有几个人合抱不过来的百年古树，那一刻，我看到阳光在茂密的树叶间闪烁跳动，像一串串不安分的正在成长的心。我的心里，顿时也有无数漂亮的词语在跳动，试图串联成一段段长短不一的精美的句子。我想回去之后，一定要用我的笔记录下它们。记录下这一次心灵的行程。可是等我回去之后，接连不断的会议撕扯了我那份惦念着美好的心情，那些会说话的风景又被我抛于脑后，忘记得一干二净。

朋友们问起那是些怎样的风景，我竟无言以对。“但我去过，我真的领略过那里的风景。”我对朋友们说，“不信，你们看，这是我从那里带回来的石头。”

我的抽屉里一共有三块石头，因为我去了三次。这就是我对那些风景的眷恋和全部的记忆。曾经让我心动不已的风景，最后却只能用一枚石头来替代。

这是大多数现代人的心态：有些风景，只要愉悦了我们的眼睛，快乐了一会儿我们的心灵，就可以了，不必将它们收藏到心灵的文件夹里，让本来就满满的心灵空间变得更加拥挤。

我们不能说这种心态不好，毕竟，在奔跑的尘世，你要追赶上一些东西，就必须甩掉一些东西。而他们在处理心灵的文件夹时，唯一要做的就是清空、清空，他们要让自己的心奔跑，他们不想有太多的羁绊。但不是所有的风景都可以擦肩而过，有些风景是需要收藏的。哪怕仅仅是为了给你奔跑的姿势配一幅温馨的背景画面也好。

朋友旅游归来，带着一火车皮的疲惫和满满十几个胶卷。我问他看到了什么景致，他说都在照片上呢，自己看吧。他说他的脑海里除了人影还是人影，不停地晃动着。除此之外，没有任何印象。

据说英国科学家新发明了一种“神奇相机”，可以像项链一样挂在脖子上，它可以随时随地自动拍摄上千张图片，拍摄内容包括你遇到过的人，你去过的地方，你做过的事，你吃过的食物等。

科学家的意图或许是为了帮助那些经常健忘或者记忆衰退的人找回失去的记忆。

于是有人高兴了：带上它去旅游，可以把所有的景致都照下来。

旅游的真正意义是愉悦身心，并不是仅仅带回几张图片，证明你去了多少个地方，那和到处都刻上“张三到此一游”还有何区别？那些照片，只是让一个人有了记忆，却丢掉了感觉。

有时候我经常问自己，面对美景总要留下点什么吧！哪怕一声赞美，哪怕几行或押韵或打油的诗，可是我们没有，我们仅仅是换了个地方继续着我们机械般的心灵游戏。

歌德在欣赏到美景的时候，常常会把自己的心灵丢失，忘我地与大自然交融到一起。比如海德堡，歌德就说过，那是他将自己心灵丢失的地方。

是啊，面对美景，我们要学会将自己的心灵交出去。

我认识一个喜欢郊游的老人，他每每看到美景时，有一个习惯就是美美地来上一段京剧。如果你在某个森林里，听到了那一声声韵味十足的京剧段子，那一定是他又看到了令他心仪的美景！他的表达方式是如此美妙，如此的与众不同。

表面上看，我们在行走，风景静立不动。其实我们都错了，有时候，真正在行走的是风景，不行走的，是我们那颗日渐懒惰的心。

本文入选试卷现代文阅读真题

1. 下列对文章有关内容的分析和概括，不正确的两项是（　　）

　A. 作者认为对于那些愉悦了我们的眼睛、快乐了我们的心灵的风景，看过就可以了，没必要将它们收藏在心里，而使心灵空间变得更加拥挤。

　B. 有些风景可以擦肩而过，有些风景却是需要收藏的。哪怕你收藏它的理由仅仅是为了用这风景给奔跑的姿势配一幅温馨的背景画面。

　C. 旅游的真正意义是愉悦身心，不是仅仅带回几张图片，以证明去了多少个地方，这样做看起来是有了记忆，却失掉了感觉。

　D. 歌德说海德堡是他将自己心灵丢失的地方，意思是海德堡旖旎的风光迷住了歌德，使他找不到自己心灵的方向。

　E. 英国科学家新发明的“神奇相机”令一些人十分高兴，因为这样就可以带上它去旅游，可以把所有的景致都照下来。

2. 为什么“朋友们问起那是些怎样的风景，我竟无言以对”？

3. 怎样理解“真正在行走的是风景”这句话的深刻含意？

4. “我的抽屉里一共有三块石头，因为我去了三次。”对于作者欣赏一次风景就带回一块石头的做法，有人赞同，有人反对，请发表你的看法。

原题名师解答

1. AD

2. 那些曾经漂亮的词语因没能及时记录而消失，自己惦记美好风景的心情被琐事扯断，会说话的风景被自己抛在了脑后，作者因此觉得无法回答朋友。（意对即可）

3. 观赏风景的时候从表面上看是我们在行走，而风景静立不动。但当我们的心变得日渐懒惰，不能用心灵来和风景交融时，面对风景，我们的行走只是机械的；而风景始终在不断地变换着，它们以这种方式不断地“行走”，保持着新鲜与活力。（意对即可）

4. 示例一：赞成作者的做法。对于美好的风景，我们应该以某种形式来收藏，这样能够勾起我们对这些风景的鲜活的记忆，作者选择的是收集当地比比皆是的石块，这样的收藏，淳朴而有意义。示例二：反对作者的做法。对风景最好的欣赏就是不破坏，“不带走一片云彩”，如果人们都像作者一样，每到风景优美处都要拿点东西走，这和到处都刻上“张三到此一游”一样，极可能破坏风景的和谐与长久。（这是一道开放性的题目，可以赞成，可以反对，但要言之成理。）

一支钢笔的幸福

女儿放学回来，忧心忡忡地跟我说，她们班级里一个品学兼优的学生赵雪可能要辍学了。

哎，她学习比我好多了，人也好，我们都很喜欢她，怎么会这样！女儿不停地叹着气，为她感到惋惜。

女儿对我说，赵雪的父母两年前就离了婚，她跟着父亲过。父亲下岗在家，染上赌瘾，把家底输空了，欠下一屁股债，还整天喝得醉醺醺的，喝多了就哭天抢地，满世界地去忏悔。她说下期的学费还没有着落，她说她不想念书了，她要出去打工替父亲还赌债。

但愿她能打消那个念头。女儿喃喃低语，作为最要好的朋友，她希望赵雪的明天能够柳暗花明。

事与愿违。第二天，女儿担忧的事情果然出现了。

赵雪没来上学，托人捎了纸条给老师，说，老师，对不起！辜负了您的期望，没能在您的关爱里开花。老师有些哽咽，她不想看到，一朵花的凋零。

作为最要好的朋友，赵雪在那个傍晚，来到我的家里，和女儿告别。

看着她哭得红肿的眼睛，女儿一时无措，不知道该怎样安慰。

她把她的钢笔送给了女儿，强挤着笑脸开玩笑说，这是一支可怜的钢笔，跟着她连墨水都不能灌满，总是饿着肚子。就让它跟着你吧，跟着你，钢笔也幸福了。

钢笔的幸福，大概就是不让它饿着，不停地为它灌满墨水，让它写出干干净净的字来吧。

女儿怔怔地愣在那里，她忘不掉那个哭泣着跑掉的背影。

女儿把那支钢笔握在手里，感觉沉甸甸的。她打开作业本，准备用它来做作业，才知道它的肚子被涮得干干净净。她挤了一下，有干净的水珠滴落下来，洇了洁白的纸，仿佛泪水。

女儿赶紧把它吸满墨水，她只想用浓墨重彩掩藏它的眼泪。

女儿收藏起那支钢笔，她想赵雪总有一天会重新回到教室里来，她要把它还给她。

女儿开始了她的“救援计划”。她先是发动所有的同学，一起帮赵雪“打工”，说是打工，不外乎就是帮父母做些家务，在家长那里讨些零钱。积少成多，同学们很快凑齐了赵雪下学期的学费。紧接着，女儿带着同学们找到了赵雪的家，像一帮小干部慰问群众似的，和老赵大谈利害关系，老赵支支吾吾地表示，保证让赵雪回到学校去。

老师也没闲着，帮赵雪的父亲找了一份工作，替他交了风险抵押金。

你可要好好干啊，不然我的押金就拿不回来了。老师说。嗯嗯嗯，老赵搓着手，激动得不知所措，只是一个劲儿地躬身道谢。

轮到我们了。这种事，女儿是断然不会放过我这个“慈善家”的。果然，她今天变得格外乖巧，把家里收拾得井井有条，还破天荒地为我和她妈妈煲了粥。太阳打西边出来了吧！我早就看穿了她这点小把戏，就等着她接着表演呢。

爸爸，你说赵雪怎么样？

什么怎么样，挺好的孩子啊。

我是说，人家没少帮助我，每次有不会的题什么的，都是她来教我。

嗯，是啊。我打着哈哈，故意不上她的套。

可是她现在有难处了，咱能不能……

我接了个电话，借故走掉了。看着她的窘态，心里窃笑。

夜里，我和妻子商量着怎样资助那个孩子。

总不能眼看着那么出色的孩子就那样耽误了，妻子说，不如我们每个月拿出一百块，为那个孩子建个小基金吧。自私点说，那孩子将来肯定错不了，咱也能得到回报呢！精明的妻子想得还挺远，管她呢，先解决了眼前的事情再说。

我们把这个喜讯告诉了女儿，女儿高兴得眼里含满了泪水。她喃喃地说，我还以为你们不肯帮她呢。

钢笔饿了，就得给它灌墨水啊！我们和女儿会意地笑了起来。

赵雪终于回到了课堂。开家长会的时候，赵雪的父亲红着脸，当着全班师生和所有家长的面，郑重地承诺，无论如何，也不会再让孩子辍学。接着又开始了他声泪俱下的忏悔，只是这一次，他没有喝酒。

女儿把灌满了墨水的钢笔还给赵雪，悄悄告诉她，她的钢笔不会再饿了，她的钢笔一定会很幸福、很幸福。

本文入选试卷现代文阅读真题

1. 为了让赵雪重返课堂，大家做了哪些努力？
2. 揣摩文中两个加点词语所表现出来的人物的思想感情。

   女儿怔怔地愣在那里，她忘不掉那个哭泣着跑掉的背影。
3. 文中的“一支钢笔”暗自什么？为什么说它是“幸福的”？
4. 一支钢笔也就几十克重量，为什么女儿握在手里却“感觉沉甸甸的”？
5. 结尾说钢笔不会再饿了，有什么深层次含义？

原题名师解答

1. ①女儿等人通过“打工”；凑齐赵雪的学费；②说服赵雪的爸爸；③老师为

赵雪的爸爸找了份工作；④女儿说服“我们”资助赵雪。最后在女儿等人的帮助下赵雪回到了课堂。

2. “怔怔”表明女儿对赵雪的行动感到很吃惊、不知所措的心理；“哭泣着跑掉”表现出赵雪对离开学校、离开好友的不舍心理。

3. 文中的“一支钢笔”暗指赵雪，赵雪由于家境原因要辍学，因女儿等人的帮助重新回到课堂，而感到快乐、幸福。

4. 因为这支钢笔代表着赵雪让人同情的身世以及赵雪对女儿沉重的期望和祝福。

5. 结尾既含蓄又明确地鼓励赵雪要专心完成学业，不用为学费而发愁，深化中心的同时也照应了文章题目，使文章结构更严谨。

你不该是一朵奔向黑暗的花

高二时我们班转来一个很漂亮的女孩子，但却是个失聪的人。当时我们没有给予她一点点关爱，她听不到声音，我们反而肆无忌惮地嘲笑她。她也许从我们的眼神中看懂了一切，几天后我们再也没有看到她。后来听说她辍学了，因为她转学七次，七次受到打击，她渴望的是友爱和帮助，可是我们却深深地伤害了她。我们班，是她最后一个停靠的地方，可是在那里，她依然没有寻找到她要的温暖。

记得有一次，我坐在学校后花园的石凳上吹笛子，她路过，竟然坐在离我不远的另一张石凳上坐下来，托着腮，静静地“听”。A：落叶轻轻地顺着笛声飘落下来，有一枚落到了她的发梢，她没有觉察，仿佛整颗心都沉浸在我的笛声里。看到我停下来，她真诚地向我点了一下头，示意我接着吹下去。我感到很可笑，她怎么能听得见呢？我并没有在意，我行我素地接着把我的曲子吹完。

我指着我的笛子，做了一个“你听得懂？”的手势，她用笑脸回应我，并把手指向自己的心。那一刻，我第一次感觉到，没有声音的世界，其实也很美。正因为没有声音，才能想象出各种声音，时而软语缠绵，时而激荡雄浑，她一个人可以去享受她自己内心的天籁。

让我意想不到的是，在她辍学后不久，我收到了一封她的来信，她说她再也不能回到这里了，她青春的梦就此断得一干二净。她说她恨这个地方，也爱这个地方，她说她不能忘记我吹笛子的样子，她说感谢我，为她吹完了一首曲子，而不是半道离开。她说她听到了笛声，是用心来听的，笛声很美！

她的信没有落款，没有地址，就像秋日里的一声叹息一样，随着叶子，落进泥土里，终不可寻。后来，我多次试图找到她，都无果而终。她走得毅然决绝，不给我们一点弥补的机会，让我们的灵魂漏下一个不大不小的洞。

我们那一个个嘲弄的眼神，着实是伤人的，就像一把刀，剜着她的自尊。而她用她的离开为自己保留了她的尊严，无声的尊严。

很多年过去了，去年的同学聚会，终于有人说见到她了，说她辍学之后嫁给了一个跛脚的男人，日子过得清苦极了，在大街上如果见到了同学都会躲着走，她怕再次受到嘲弄，她的生命已经是千疮百孔了。

我们沉默不语，深深的内疚撕咬着我们的心。

小学时的某一年，学校有史以来第一次给学生们配发校服。家长们当然会抱怨几句，但牢骚也都只是挂在嘴边，校服费最终也都塞给孩子们。当然，一切好像理所当然，和那条奇怪的“没有穿校服就不能参加儿童节庆祝活动”的学校规定无关。

儿童节那天，我穿了新校服步行去学校。快到校门口的时候，看见某个老师一把一把地推搡一个女生，那女生被驱逐到离校门几步远的地界，老师不再理会她，转身走回。

B：我不知所措地站在那里，隔着不远的距离，看着那女生。我知道她，她的母亲给她生了一个弟弟，也因为这个原因，她的父母双双被开除公职。在一大群孩子中，这姐弟俩太容易被认出，他们的衣着、他们的表情、他们莫名其妙被同学们排斥。姐姐常常牵着弟弟的手，急匆匆地走着。我曾经见过他们俩赶到闹市中母亲摆的茶水摊帮忙。

那女生被驱逐的原因很明显，她没有买新校服。她穿着旧衣，微低着头，表情沮丧、惧怕、甚至有了愁苦的味道。而透过不远的校门，大群穿着新校服的孩子嬉笑着，等待庆祝活动的开始。她的忧伤就那样轻快地，不易察觉地，像香烟一样不动声色地散开了，渐渐看不见，但我仍然闻得到它的味道。

她看见我没有？大概没有。或者，她无暇顾及我。那时，我也不过是个沉默的小孩儿，偶尔会被大人们突然爆发的粗暴和不耐烦惊得瞠目结舌。很多年后，我才真正明白，这个女生所忍受的巨大委屈，即使当时从天而降一套新校服，也弥补不了她所承受的一分一毫。

我不敢想象，那个女生，从此以后，还是否能够平静地生活？或者就此，滑向无边无际的暗夜。就像我那个失聪的同学一样。

而她们，本不该是一朵朵奔向黑暗的花儿。

本文入选试卷现代文阅读真题

1. 小说讲了两个故事，请各用一句话加以概括？
2. 文中A处划线句子属于什么描写？这么写有什么好处？
3. 选文中B处划线句子“我不知所措地站在那里，隔着不远的距离，看着那女生。”联系上下文揣摩我的心理，用第一人称写出来，不少于30字。
4. 阅读下面的句子，联系上下文，探究括号中的问题。

（1）她说她恨这个地方，也爱这外地方。（她为什么对我们学校又爱又恨？）

（2）她的忧伤就那样轻快地，不易察觉地，像香烟一样不动声色地散开了，渐渐看不见，但我仍然闻得到它的味道。（“我仍然闻到它的味道”体现了“我”怎样的性格？）

原题名师解答

1. （1）失聪的女同学因同学们肆无忌惮的嘲笑而辍学。

（2）小学时的女同学因为没有校服而被推出了校门。

2. 文中A处划线句子属于环境描写。这里既反映了学校后花园安静的特点，又衬托出了失聪的“她”专心的特点。

3. 我在想，这个女生只是因为家庭困难买不起校服，就被老师推出了校门。其实这不是那个女生的错，可她却要忍受那么大的委屈，这会给她造成多大的伤害啊。

4. （1）她说爱是因为我为她用笛子吹了一首完整的曲子，让他感受到了尊重；她说恨是因为同学们肆无忌惮的嘲笑她，她没有得到渴望的友爱和帮助。

（2）体现了我敏感（感受到了别人的痛苦）、善良（能替别人着想），关心别人的性格。

一个夜晚的赌注

①很久没有人这样信任他了，把他当作一个真正的人来看待。那一晚，他辗转反侧，难以入睡。

②五年前，他因为抢劫未遂锒铛入狱。现在刑满释放，从监狱里出来已经好几个月了，还是没有找到工作。有一天，在一个建筑工地上，他无意间看到了他的中学同学蚊子，上学的时候大家都这样叫。蚊子是工地上的一个小包工头，还算有些权力，就安排他当了一个力工，吃住都在工地上。“先干着吧，等以后有了好去处再说。”蚊子说。他和蚊子其实不算怎么熟络，上学的时候都没怎么说过话，蚊子在同学聚会的时候，还听说过他犯了事，但蚊子没说别的，就让他留下了。不管怎么样，暂时总算有了一个落脚的地方。他心里很感激蚊子。想有一天开了工钱一定请蚊子去饭馆里好好吃一顿。

③那天，蚊子拿了五千块钱回来，说是管老板要了半年才要回来的。天太晚，已经没有客车了，蚊子说不回去了，要在他的棚子里将就一宿。蚊子还弄了花生米、香肠和几瓶啤酒，两个人聊起上学时候的事情，蚊子有些不胜酒力，喝了两瓶就有些摇摇晃晃了。他的心里就有了坏念头，那些藏在心底的“恶”又蠢蠢欲动起来。在监狱里改造了五年，他以为那些“恶”已经被连根拔除了，没想到它们还在，偷偷地生长着，使他的灵魂跟着扭曲变形。

④他不时地盯着蚊子的包，他现在太需要钱了，他想如果现在下手，蚊子

没有防备，会很容易得手的。他又给蚊子起了一瓶酒，他想让他醉得彻底些，那样他的成功率会更高。蚊子又喝了一大口，然后就嚷嚷着要睡觉。让他没有想到的是，蚊子睡觉前竟然把他的包塞到了他的怀里，对他说，“我喝多了，你替我拿着吧，我对我自己不放心。”然后脸冲里，呼呼就睡着了。

⑤天赐良机！他这样想道。握着那装着五千块钱的鼓鼓囊囊的包，他的内心惊涛拍岸。那五千块钱对他来说，诱惑是巨大的。况且天已经黑了，他转眼之间就可以逃之夭夭。

⑥他试着起身开门，蚊子没有反应，依然鼾声如雷，睡得香甜。

⑦他很快融入了夜色里，却忽然停住了脚步。心底的“恶”有些退缩了。他想到，这几个月里，他受尽人们的白眼，没有一个人信任他。所有的人都因为他是一个劳改犯而拒绝他，排斥他，只有蚊子帮了他一把，而且如此信任他，对他毫无防范之心。如果自己真的拿走了这五千块钱，就是给唯一信任自己的人当头泼了一身冷水，让人多寒心。做人不能这样，他这样想着，就折回身，重新回到棚子里，又躺倒了蚊子身边。蚊子的鼾声依旧排山倒海，气势非凡。

⑧不过，这真他妈是一个千载难逢的好机会。躺在那里，他的“恶”并不死心，依然怂恿着他。那一夜，他被这五千块钱折磨得疲惫不堪，感觉心底像压了一块大石头一样。

⑨他终究没有拿走那五千块钱，早上他把包递给蚊子的时候，感觉到心底莫大的轻松。因为一夜没有合眼，他的眼睛红红的，蚊子问他怎么了，他撒谎说怕钱丢了，一夜没合眼地看着它。蚊子忙说对不起对不起啊，害你遭罪了。

⑩时光一晃而过。十年之后，他白手起家，从一无所有的劳改犯到身价过亿的富商，他的经历可谓传奇。作为很有名望的民营企业家，他的事迹常常是当地报纸的头条，人们茶余饭后不厌的谈资。他的商品从不掺假，他被人称道的品质就是诚信。与人谈起自己成功的经历时，他总是毫不避讳自己曾经阴暗的心路历程，包括那一个让他辗转反侧的夜晚。他说，那个夜晚，真正改变了他的命运。从那个夜晚之后，他就决定了要靠自己的能力奋斗下去。因为一个

人的信任让他觉得自己还是一个有用的人，他不能辜负一个人的信任。他感激那个人，他会一辈子记住他的名字：朱德文。

⑪“朱德文！”我捧着报纸对父亲喊道：“难道他要感谢的是你吗？”父亲微笑着对我点点头。“您可从来没有和我们提过这件事情啊？快说说，当时到底是怎么回事？”我忽然对父亲无比好奇起来。父亲说，“我根本没有他说的那么好，你知道我当时的真正想法吗？其实我并不信任他，毕竟他曾经是个抢过劫坐过牢的人，我只是在做一次冒险的赌注。因为在喝酒的时候我看到了他的眼神，那眼神中有一种贪婪，我就知道他在打这些钱的主意。我的钱和生命都处于危险之中。我就决定赌一次，我把钱给他，如果他拿走了，我也认了，毕竟自己还留了一条命。如果他不拿走，那就万事大吉。那一夜，我故意装作睡得很死，其实他的每一个细微的动作我都知道。”

⑫“事实证明，我赢了。”父亲说，继而纠正道：“不，应该说那一晚没有输家，我们两个都赢了。”

⑬是的，那一晚的赌注两个人都赢了。

本文入选试卷现代文阅读真题

1. 请用简洁的语言概括文章内容。
2. “他和蚊子其实不算怎么熟络，上学的时候都没怎么说过话，蚊子在同学聚会的时候，还听说过他犯了事，但蚊子没说别的，就让他留下了。”蚊子为什么留下他？
3. 请选择一段对他心路历程描写的语言，分析语言的表达效果。
4. “与人谈起自己成功的经历时，他总是毫不避讳自己曾经阴暗的心路历程，包括那一个让他辗转反侧的夜晚。”好多功成名就的人都不愿意谈自己不光彩的过去，为什么他要揭示自己的阴暗心理？
5. 请根据全文内容，为这篇文章续写一个结尾段，以结束全文，扣住题目。

6. 生活中有许多诱惑。宋濂读书时，“同舍生皆被绮绣，戴朱缨宝饰之帽，腰白玉之环……”宋濂是如何抗拒的？今天的物质生活如此丰富，我将如何抗拒？请谈谈你的想法。

7. 仿照下列例句，再造两个句子，构成排比。

诚信是什么?

诚信是小朋友将拾到的一分钱放在警察叔叔手里时脸上的笑容；

诚信是____

诚信是____

原题名师解答

1. 蚊子给刑满释放的他安排了一个工作，一晚蚊子将五千元钱交给他保管，他想把钱拿走，最终没有拿走钱。后来靠着诚信，他获得成功。

2. 一是同学，再就是蚊子想帮助走投无路的他，让他生活有着落，让他回归社会。（意思对即可）

3. “天赐良机！他这样想道。握着那装着五千块钱的鼓鼓囊囊的包，他的内心惊涛拍岸。”此段语言深刻剖析了他内心的矛盾，“惊涛拍岸”运用比喻，生动形象地写出他内心如波涛汹涌的大海一样不平静。

4. 诚实做人，敢于剖析自己，认识自己的过去，反思自己，才能更好地发展。

5. 是的，那一晚的赌注两个人都赢了。一个人赢回了钱和生命，一个人赢回了那些剩余的精彩时光。（能扣住题目，语言顺畅即可）

6. 以中有足乐者，不知口体之奉不若人也。想法略。

7. 略。

上弦月

上弦月，只陪你上半个夜晚，剩下的时间，留着给你回忆。

上弦月是一把剃须刀，刮掉了整个前半夜的忧伤。

上弦月，像根贴在黛蓝钟面上的时针，静静地照看着人们的时间。

“人的时间是多么少啊！上弦月发出她的感慨，去掉睡眠，去掉奔跑，属于快乐的时间在哪里呢？”

“而你又何尝不是？除了月圆之夜，其他的夜晚不是一样弥漫着忧伤吗？”

“不。我有我的快乐。上弦月的时候我有希望，下弦月的时候我有念想，我是快乐的。悲伤，只是人们强加给我的一件衣裳。”

随她怎么说吧，我依然固执地相信，这一抹凄冷的弯，是看透红尘种种悲欢离合后的一汪眼泪，是冷冷夜空中的一撇伤疤。但这并不妨碍她的快乐，就像每个啤酒盖都有被启开时留下的伤痕，但它们并不为此悲伤。

夏天的尾巴像壁虎，割掉了它还会再来。

越来越多的人，在越来越小的时候，心中就失去了一份光彩。叶芝曾写到：“人所听到、看到的事情，均为生命之线，倘能小心将之从混乱的记忆线轴上拉出，谁都可以用它来任意编织自己想要的信仰之袍”。似乎现在的我们正渐渐失去这样的能力。听到的，看到的，均被我们丢弃，无法引起兴趣。

什么都无法引起兴趣，但只有月亮是个例外。空空的世界，似乎也只剩下这个最后的月亮。她现在是弯的、单薄的。

我看到了我的月亮，就像葛朗台看到金子一样亲切。人说，有什么样的心，就看出什么样的月。我说，月是怎样的，心就是怎样的。

在发霉的时间里，心上长出了很多草。上弦月，一把适可而止的镰刀，帮我变得纯净。

走廊两边是不同的风景。左边是带刺的玫瑰，笑语盈盈。右边是暗淡的伤竹，垂头叹息。

快乐和悲伤，是生活同时带给我的两种天气。

就像隔壁两旁住着不同的邻居。白天打招呼的，是甜言蜜语。夜里来探访的，是寂寞空虚。

在寺庙里，一个青年男子对一个和尚说，现在，我一心想修佛。那和尚说，佛没坏，不用修。修自己吧。

就像看到这缺月，缺的不是月亮，是你的心。

在一个城市里有两个伟大的哲学家，其中一个是有神论者，另外一个是无神论者。他们两个人都一直试着要说服城里的人。整城的人都被搞得很混乱，生活简直过不下去。城里的人决定："让他们两个人去讨论、辩论，然后不管谁赢，我们就跟着他，我们总是跟随胜利者。"所以就在那个挂着上弦月的夜晚，两个哲学家开始讨论和辩论，他们两个人都是非常伟大的逻辑家，但是到了早上，整个城市陷入了更大的混乱，他们互相都说服了对方，所以那个无神论者变成了有神论者，而那个有神论者变成了无神论者，那个难题还是继续存在。

争论和辩解是没有意义的，德彪西说，"哲学家们总是分析、分析，冷冰冰地毁灭秘密。"现在月亮也处于这些争论者的中央，她是否会安然无恙呢？

不论如何，请不要把月亮叫作"有壳、幔、核等分层结构的星球"。

月亮没有标签，很多人都喜欢仰望她，向她倾诉衷肠。好人没有标签，很多人都喜欢向他们靠拢，取暖或者纳凉。

上弦月，她也常常割开我刚刚愈合的伤口。但她同时劝告我，生命，就是要通过失败去学习成功，通过羞耻去学习荣誉，通过落魄去学习坚强，通过叛逆去学习真我；甚至通过暴力去学习文明，通过战争去学习情感，通过血腥去学习嗅出一朵花儿的芬芳，通过死亡去学习内心的大开放……

当你听到敲门声再一次清脆的响起，站立的同时，微笑从你那小小的坚强的心中悄然升起。是的，你要微微含笑，让笑容从那痛处像生出的一朵花儿，让笑容从记忆中如同攀爬出来的一根藤。牵动你唇角去微笑，给不幸一个另类的表情，为了你的骄傲。

你明白一些人总是要去的，一些人总是要来的。如果你的心已是满目疮痍的土地，就需要让另一个春天入驻。如果是因为春去时曾为你留下满地狼藉，你恰恰需要一个冬天的雪来将腐败冻结、覆盖。

上弦月是一把剃须刀，剃掉了那些烦恼丝。还给我一张虽然有皱纹但却洁净的脸。

››› 本文入选试卷现代文阅读真题

1. 文章引用叶芝的一段话有何用意？
2. 下面两个句子在表达上都有什么相同特色？请简要分析。

   ①悲伤，只是人们强加给我的一件衣裳。

   ②在发霉的时间里，心上长出了很多草。
3. 文中划线句子“如果你的心已是满目疮痍的土地，就需要让另一个春天入驻”中的“另一个春天”指的是什么？
4. 作者说当你再一次站立的同时，“你要微微含笑，让笑容从那痛处像生出的一朵花儿”。你是怎样看待这种姿态的？联系生活实际，写出你的看法。

››› 原题名师解答

1. ①运用对比，突出了我们对世界的冷漠态度；②引出下文我对上弦月的关注和思考。

2. ①借用比喻的修辞，把抽象的无形的情绪写得具体形象；②想象丰富，给人新鲜感；③语言简洁，有张力。

3. ①指的是没有悲伤和创痛的、不再空虚寂寞的新的记忆；②一种宁静、坚强、乐观的丰富的心境。

4. 示例：这种积极的姿态是值得赞赏的。生活有尖利的一面，我们不能一味低迷；只有改变心态，编织信仰，才能拥有美丽人生。（本题为探究题，考生能结合文本和生活实际作出一定的思考即可。）

人贵有知人之明

①古语有云：人贵有自知之明，就是自己掂量好自己的半斤八两，有半斤，你就做半斤的肉馅；有八两，你就扒拉八两的算盘。规规矩矩，自得其乐。

②自知难得，（　）在我看来，知人却（　）可贵，因为千里马常有，（　）伯乐不常有。

③有知人之明，可以慧眼识人。汉高祖刘邦曾说过，筹集粮草，安抚百姓，他不如萧何；运筹帷幄，决胜千里，他不如张良；指挥千军万马，克敌制胜，他不如韩信。然而他的长处在于使人才各尽其能，知人善任，终于开创汉家四百年江山的伟业。

④有知人之明，可以斗智斗勇。诸葛亮了解司马懿生性多疑的性格，以一座空城、一把三尺瑶琴吓退数十万敌兵，传为千古佳话；有知人之明，可以明哲保身。范蠡深知“狡兔死，走狗烹”，知道勾践“只能共患难而难共欢乐”，所以他选择了功成身退，隐迹江湖，四海为商，得以善终；同样功高盖世的文仲，却不知道“伴君如伴虎”的道理，不知主子的刻薄寡恩、狠毒无情，以至于留恋功名执迷不悟，最终被勾践所杀。

⑤有知人之明，可以更好地为顾客服务。这是现代商业社会遵循的一条成功准则。IBM创始人老沃森年轻的时候，往返于纽约州北部，四处兜售钢琴和缝纫机，在多年的销售中，他深刻地领悟到顾客到底需要什么。他说，如果客

户需要一把锤子，你却给他拿来了一把斧头，那么客户一定会不满意。如果你能给客户一把方便耐用的锤子并免费赠送一盒钉子，那么你的客户一定会记住你，并极有可能会再次光顾你，因为你的服务已经发挥了作用。

⑥有知人之明，可以传递善良。因为知人，也可以解释成对别人的一种关心一种爱护。一个护士，知道用哪种打针的方式可以最大程度地减轻病人的疼痛；一个老师，知道在其他人走掉之后才去惩罚犯了错误的孩子；一个警察，知道在给一个小窃贼扣手铐之前套上他的手套……有知人之明的人，探知别人的寒冷，会送去一盆炭火；有知人之明的人，探知别人的疼，会递过一块柔软的手帕。这样的人，让人温暖。

⑦人贵有知人之明。如果在你自己的心底挖到金子，那么，在别人的心底，就有可能探出钻石。

››› 本文入选试卷现代文阅读真题

1. 根据上下文，填入第②段括号的词语正确的一项是（　　）

   A. 因为　更加　然而　　　B. 但是　更加　所以

   C. 因为　十分　所以　　　D. 但是　更加　然而

2. 第①段划线处句子在文中的意思是什么？

3. 概括第⑤段的具体事例，这一事例证明的观点是什么？

4. 本文的中心论点是什么？

5. 下面这段文字能与文中哪一段形成对比论证？请具体阐明理由。

   项羽作为他的对手，在很大程度上就输在没有知人之明。他不知亚父范增对他一往情深，对之言不听计不从；他不知韩信陈平是绝世之才，任之流往汉营为敌所用；他不知叔父项伯是个脚踏两只船的危险分子，依旧对之信任有加、毫无防范，最后他就只有遭遇十面埋伏、悲闻四面楚歌、含泪别姬、乌江自刎的戏份了。

››› 原题名师解答

1. D
2. 人要有自知之明（一个人要了解自己的情况），做事要量力而行（根据自己的能力大小来办理事情）。
3. IBM创始人老沃森领悟到了解顾客需求会提升客户满意度（或会使客户满意）。有知人之明，可以更好地为顾客服务。
4. 人贵有知人之明。
5. 与第③段形成对比论证。第③段列举刘邦因为知人善任、终于开创汉家伟业的事例，从正面证明“有知人之明，可以慧眼识人”这一观点或分论点，这段文字列举项羽因为不能知人善任导致乌江自刎的结局，与第③段事例形成鲜明的对比，从正反两个角度论证了“有知人之明，可以慧眼识人”这一分论点。

请给我五分钟

记得那是去年的情人节，和女友一起坐车回家。劳累而烦躁的俗事让我们疲惫不堪。颠簸的客车卷起大片大片的灰尘，所有的眼睛都像是熄灭的灯，无数的心灵漆黑一片。整个车里的人，大概没有谁还记得情人节了。

我的眼睛是唯一亮着的灯，我的心灵春光无限，尽管车窗外面灰尘滚滚，我却依然努力寻找风景。

女友轻轻地拥着我的手臂，微闭双眸。透过窗子，在不远的小山上我发现了一片盛开着的迎春花。在灿烂的阳光下，迎春花开得异常烂漫。

我轻轻唤醒身边的女友，对她说，看春天来得真早。

“请给我五分钟时间，只要五分钟。”我走到司机身旁，请求道。担心他不同意，我答应他愿意拿十元钱来交换这五分钟。

大概是金钱的作用吧，司机答应了我的请求。

我迅速地跳下车，朝那盛开着迎春花的小山坡跑去。五分钟以后，我气喘吁吁地回来了，手里捧着一大束灿烂的迎春花，仿佛整个春天，都已经被我握在了手里一样。

我把这束花献给了女友。女友被这突如其来的幸福烧红了脸。

不知从什么时候开始的，车里响起了一片热烈而又持久的掌声。那掌声，好像在人们心底囚禁了许久许久，终于得到了释放一样。

所有的眼睛重新点亮，无数的心灵都普照着春光。

当我掏出十元钱要给那位司机时，司机拒绝了，他说："给我一小束花吧，我要送给我的妻子。"

我和女友将手中的花一枝一枝地分给车上的每一个人，然后由这些人送给他们的爱人、母亲、女儿……

在这个纷纷扰扰的时代，不要一味地去行走，必要的时候，让心灵停留，哪怕只有五分钟，这个时候，你会发现很多美的风景，会发现很多爱的故事。

一味地忙碌，让我们遗忘了很多美好的东西。

我们的一生都可能黯淡无光，但总会有无比精彩的瞬间留待我们去回味。

就像海伦·凯勒，要用整整一生来换取拥有视力的三天；像纳兰容若，他要放弃一生的荣华富贵，去换取与知心人的倾谈。

请给我五分钟，让我把爱的曲子弹完，让我把善全部撒给世界，让我用自己的身体再去为这个世界弥补一两个漏洞。

我向索要我生命的死神请求，请给我五分钟，让我再撒一些爱的花瓣，再还一些前世今生的债。

››› 本文入选试卷现代文阅读真题

1. 简要概括全文内容。
2. 怎样才能让心灵春光激荡，留下无比精彩的瞬间去回味，请结合文章作简要分析。
3. 请对全文进行简要赏析。

原题名师解答

1. “我”与女友坐车回家，“我”出人意料地请司机停车为女友摘花这一浪漫之举而使得车厢载满春光。
2. 必要的时候，让心灵停留，哪怕只有五分钟，这个时候，你会发现很多美的风景，会发现很多爱的故事。
3. 《请给我五分钟》写了一个令人心动的故事。文章截取了生活中一个横断面，形象真切地表达了作者别样的生活情趣和摆脱尘世俗念的人生追求，读来情韵悠长，感人至深。

文章构思巧妙立意不凡。开篇简括交代故事背景，并通过设置悬念，为后文欢愉明朗的气氛埋下伏笔。文章通过叙写情人节这天“我”与女友坐车回家，“我”出人意料地请司机停车为女友摘花这一浪漫之举而使得车厢载满春光，从而表达自己的感悟：“必要的时候，让心灵停留，哪怕只有五分钟，这个时候，你会发现很多美的风景，会发现很多爱的故事。”

文章最打动读者心灵的是，用诗化的语言构建了理想的乐园，以直抒胸臆的笔墨谱写了一曲爱与美的颂歌，由令人心动的故事道出自己的生活感悟和人生追求。的确，如果我们“让心灵停留”，就会海阔天空快意无穷，每一个日子都会变得闪光而美丽；让心灵春光无限，生命就永远年轻，永远闪光。